Dominik Lützow
Kümmering. Ein Tonroman.

Dominik Lützow

Kümmering.

Ein Tonroman.

Bibliografische Information der Deutschen Nationalbibliothek: Die Deutsche Nationalbibliothek verzeichnet diese Publikation in der Deutschen Nationalbibliografie; detaillierte bibliografische Daten sind im Internet über http://dnb.dnb.de abrufbar.

Verlag: BoD · Books on Demand GmbH, In de Tarpen 42, 22848 Norderstedt

Druck: Libri Plureos GmbH, Friedensallee 273, 22763 Hamburg

ISBN: 978-3-7597-8830-6

Für Moritz.

Die im Titel des Buches enthaltene Bezeichnung „Ein Tonroman" bezieht sich auf den Umstand, dass jedem Kapitel ein Stück (oder Auszug) aus dem Bereich der klassischen Musik zugeordnet ist. Diese dienen dazu, Stimmung, Geschehen, oder Atmosphäre des jeweiligen Kapitels zu unterstreichen bzw. zu illustrieren. Für das Verständnis der Geschichte ist es zwar nicht erforderlich, sich diese anzuhören, jedoch bereichert es das Leseerlebnis immens.

Vertretene Werke (in Kapitelreihenfolge):

I. Frederick Delius
Appalachia: Introduction I. Molto moderato – Tranquillo

II. Anton Webern
Sechs Stücke für Orchester, Op. 6: II. Bewegt

III. Alexander Zemlinsky
Sarema: Vorspiel [00:00 – 00:45]

IV. Carl Orff
Carmina Burana: Pt. 1, Uf dem Anger: Tanz

V. George Gershwin
Klavierkonzert in F-Dur: III. Allegro agitato

VI. Arnold Schönberg
Variationen für Orchester, Op. 31: Variation VIII: Sehr rasch

VII. Giacomo Meyerbeer
Robert le diable: Ouvertüre

VIII. Charles-Valentin Alkan
Preludes, Op. 31: No. 8. La chanson de la folle au bord de la mer

IX. Francis Poulenc
Les biches: Rondeau

X. Zoltán Kodály
Háry János: Ouvertüre [00:00 – 04:25]

XI. Georges Bizet
Carmen: Akt 4: Entr'acte (Aragonaise)

XII. Benjamin Britten
Peter Grimes: Akt 2: Interlude III: Sunday Morning By the Beach

XIII. Pietro Mascagni
Cavalleria rusticana: Preludio

XIV. Claude Debussy
Pelléas et Mélisande: Akt 4: Interlude [00:00 – 01:15]

XV. Aram Chatschaturjan
Spartakus: Akt 2: XIII: Kampf des Spartakus gegen Crassus

XVI. Nikolai Rimski-Korsakow
Scheherazade: IV. Das Schiff zerschellt an einer Klippe unter einem bronzenen Reiter

XVII. Pjotr Iljitsch Tschaikowski
Schwanensee: Akt IV: No. 29: Scène finale

I

Frederick Delius

Appalachia:

Introduction

I. Molto moderato — Tranquillo

Aufmerksam wandte Sebastian Kümmering den Kopf in beide Richtungen des Straßenverlaufs, um festzustellen, ob eine gefahrlose Überquerung der Fahrbahn möglich sei – dies umso pedantischer, da er schließlich seinen zierlichen Hund mit sich führte. Obschon das Plattenbauviertel, in welchem der junge Mann bei seinen Eltern wohnte, zwar keine nennenswerte Verkehrstätigkeit hervorbrachte, war es in einem ungünstigen Moment gut möglich, ein herannahendes Auto aufgrund eines Glascontainers oder ähnlicher Aufbauten zu übersehen.

In diesem Falle bestand jedoch keinerlei Risiko, weshalb er jene schäbigen Betonplatten, welche durch Jahre der Abnutzung bereits uneben geworden waren, bedenkenlos passieren konnte. Der Kiesweg, den sie nun auf der anderen Seite betraten, sollte sie geradewegs in den nahegelegenen Park führen, welchen Sebastian Kümmering gelegentlich in seine Gassirunden zu integrieren pflegte.

Aufgrund der schwer erträglichen Hitze trug er eine kurze Hose und leichtes Schuhwerk, sowie ein lockeres, schlichtes Shirt, während eine Sonnenbrille seine Augen vor den blendenden Strahlen der sommerlichen Mittagssonne schützte. Bei seinem tierischen Begleiter – welcher auf den grazilen Namen „Orfeo" hörte – handelte es sich um einen kleinen Terrier, dessen reines, schneeweißes

Fell einen ständigen Kontrast zu seinem stets eigenwilligen und starrsinnigen Verhalten bildete.

Nichtsdestotrotz liebte Sebastian Kümmering seinen Schützling sehr, was sich vor allem darin äußerte, dass er dessen teilweise anstrengenden Eigenarten mit jener nachsichtigen Gelassenheit begegnete, derer es seinen Eltern dann oftmals ermangelte.

Der heiße Sand knirschte verspielt unter ihren trägen Schritten, wie sie dem Pfad weiter und weiter in die berauschende Landschaft folgten. Aufgrund der peripheren Lage seines Wohngebietes ereignete es sich nicht selten, dass Kümmering auf seinen Spaziergängen in der Natur auf keine einzige menschliche Seele traf – was ihm irgendwann so zur Gewohnheit geworden war, dass er es mittlerweile schon als störend empfand, wenn es sich einmal nicht so verhalten sollte.

Sattgrüne Wiesen, hier und dort von einer Platane liebevoll beschattet, schlossen sich wie ein riesiger Ring um einen künstlichen See, welcher, von Schilf und Laub verhangen, das Zentrum jener Anlage bildete. Ein schwacher Wind brachte das gräserne Meer zum Wogen, welches dem stets verlassenen Spielplatz eine gewisse Ähnlichkeit mit dem Wrack einer einst prächtigen Galeone bescheren sollte. Nur wenige Wolken durchkreuzten den azurblauen Himmel über ihnen, wohingegen sich das gefiederte Volk dort offenbar sehr wohlzufühlen schien – dessen lebhaftes Singspiel bildete in Verbindung mit jenem sanften Rauschen der fernen Baumkronen und dem aufdringlichen, monotonen Zirpen seitens seiner unsichtbaren Bewohner eine Art musikalische Landschaft, welche auf den jungen Mann eine äußerst wohltuende Wirkung hatte.

Die schwere Luft ließ die beiden Spaziergänger von Schritt zu Schritt langsamer werden, bis sie irgendwann nur noch schleichend vorankamen. Kümmering nutzte diese Gelegenheit, sich das Naturschauspiel fester einzuprägen, um es sich später besser in Erinnerung rufen zu können, wenn die ermattende Trivialität seines eintönigen Studiums seine Gedanken wieder einmal zum Abschweifen bringen würde.

Sollte sich der Hund abseits des Weges nach einer Stelle auf die Suche begeben, an welcher er eines seiner Geschäfte verrichten konnte, beobachtete Kümmering jede seiner Bewegungen auf das Genaueste, da Giftköder in seiner Gegend keine Seltenheit darstellten.

Als sie eine jener Monet'schen Holzbrücken überquerten, welche dazu dienten, den Parkbesucher über die Zuflüsse des großen Teiches zu führen, stützte sich der Student für eine Weile auf das moosige Geländer, dabei aufmerksam dem unter ihm entlangfließenden Bach lauschend. Unweit seines Standortes bemerkte er ein paar Enten, die sich in dem niedrigen Gras auf Nahrungssuche begeben hatten, während große Libellen über ihnen im Zickzack durch die Lüfte zogen.

16

Wie sie ihre Reise fortsetzten, kamen sie wenig später an einer großen Wiese vorbei, die Kümmering durch ihre Übersichtlichkeit und Menschenleere zu der Idee Anlass bot, den Hund von der Leine nehmen zu können, um ihm spielerisch mehr Bewegung zu verschaffen. Kaum hatte er das Tier seiner Kontrolle entlassen, da wetzte es auch schon los: In großen Kreisen rannte es um den jungen Mann herum, mal auf ihn zustürmend, mal vor ihm weglaufend – solange, bis sich der Vierbeiner vor Erschöpfung schließlich in den Rasen legte.

Der Student sah sich dazu bewogen, eine kleine Pause einzulegen, weshalb sie sich zu einer nahegelegenen Bank begaben, wie er seinen Liebling wieder angeleint hatte. Während sich Orfeo laut hechelnd von seinen Ausschweifungen erholte, genoss sein Herrchen eine seltene, völlig ungehinderte Sicht auf die sonst so verhüllte Schönheit des pittoresken Gewässers. Eine Weile glitten seine trüben Blicke über die lichtbesprenkelten Wellen, musterten die flüsternden Schilfgräser, den zwischen ihnen schlummernden, rostigen Einkaufswagen – bis eine gänzlich neue Erscheinung plötzlich seine gesamte Aufmerksamkeit einforderte.

Ein einzelner Vogel, vom Sonnenschein in vollkommenen Schatten gehüllt, schwamm behutsam durch die Szenerie. Dessen langer, gebogener Hals offenbarte ihm, dass es sich nur um einen Schwan handeln konnte, was ihn umso mehr verwunderte, da er ein solches Wesen dort bislang noch nie zu Gesicht bekommen hatte. Selbstvergessen betrachtete er das anmutige Geschöpf bei jeder seiner Bewegungen, schien von seiner allzu banalen Eleganz völlig hypnotisiert.

Das unerwartete Auftreten eines weiteren Schwanes schien dieser Wirkung jedoch äußerst abträglich – so wie der alltägliche Anblick jede für einzigartig gehaltene Schönheit irgendwann ihres Zaubers beraubt – weshalb Kümmering nun dazu überging, seinen analytischen Geist stattdessen anderen Aspekten jenes Landschaftsbildes zu widmen.

Jäh wurde er darin gestört, als er mit einem Male das unverwechselbare Geräusch menschlicher Stimmen aus der Ferne vernahm. Ein junges Paar – offenbar nicht unweit seines eigenen Alters – schlenderte, vertieft in angeregter Konversation, geradewegs auf seine Bank zu, sich alsbald darauf niederlassend. Da Kümmering ohnehin schon geraume Zeit dort gesessen hatte – und es ihm auf diese Weise schlichtweg unmöglich ward, sich weiterhin seinen Naturbetrachtungen hinzugeben – erhob sich der Student schon kurz nach ihrer Ankunft, um seinen Spaziergang letztlich wieder aufzunehmen.

Als sie sich dem Ausgang des Parkes näherten, bemerkte er, dass sich der Hund einem weiteren Voranschreiten mit aller Kraft widersetzte und sich dabei stets umzudrehen versuchte. Der Grund hierfür ist darin zu finden, dass Orfeo gelegentlich ein reges Interesse für

Personen bezeugte, die sich ihm von hinten näherten, was eine normale Fortsetzung der Gassirunde erst gestattete, sobald das fragliche Subjekt an ihm vorübergegangen war – oder eine andere Richtung eingeschlagen hatte.

Offenbar musste das Paar wenig später nach ihnen aufgebrochen sein, denn in ihm erkannte Kümmering die Ursache des sonderbaren Verhaltens seines Hundes, weshalb er geduldig darauf wartete, dass es sie überholen würde. Wie die beiden Leute in sein näheres Blickfeld traten, musterte er für einen Moment das Gesicht des Mädchens, welches er seiner Erfahrung nach als recht ansehnlich empfand, weswegen er dieses Lot im Schutze seiner verdunkelten Gläser auskostete, so lange es währte.

Ein schussartiger Windzug ließ den Studenten erschrocken zusammenfahren – sein Hund war nur wenige Zentimeter der mechanischen Gewalt eines rücksichtslosen Fahrradfahrers entgangen. Nachdem er sichergestellt hatte, dass keine weitere Gefahr bestünde – und die Störenfriede endlich an ihnen vorbeigezogen waren – brachten sie ihren Parkausflug auf eine betont langsame Art zu Ende, um einen ausreichenden Abstand zwischen sich und ihren Vordermännern herzustellen.

II

Anton Webern

Sechs Stücke für Orchester, Op. 6:

II. Bewegt

Dichter und dichter sah Sebastian Kümmering jenen massiven, von Fenstern gespickten Mauerring auf sich zukommen, je näher er seinem Zuhause kam. Während manch ein rot-grauer Wohnblock eher einem Mosaik verschiedener Texturen glich, blendeten ihn die weißen Fassaden jener neu gestrichenen ganz unausstehlich.

Die steinernen Riesen hatten tunlichst begonnen, ihre gefräßigen, scharfkantigen Schatten aneinander auszukippen, sobald die Sonne ihren mittaglichen Zenit überschritten hatte – schon zu dem Zeitpunkt, zu welchem der Student von seinem Spaziergang mit Orfeo zurückkehrte, hatte sich zwischen den stummen Giganten bereits jener beklemmende, dunstblaue Sumpf reichlich ausgebreitet.

Trübselig betrachtete er die hunderten Argusaugen des neben ihm aufragenden Monstrums, aus deren dunklen Öffnungen ihm so manch ein faltiges Augenpaar skeptisch entgegenblickte.

Gepflasterte Zuwege verbanden den schmalen, brüchigen Gehweg mit den einzelnen Wohnaufgängen, deren „Vorgärten" von großen, ungepflegten Rasenflächen gebildet wurden. Wie Orfeo nun auf einer davon nach langwieriger Suche schließlich einen geeigneten Platz gefunden hatte, um sein Geschäft adäquat erledigen zu können, bemerkte Kümmering eine geisterhafte Gestalt, die gerade die Fenstervorhänge einer nahegelegenen Erdgeschosswohnung träge beiseiteschob – und sah dieses Gespenst ebenso schnell dahinter wieder verschwinden, so wie er die Hinterlassenschaften seines Lieblings ordnungsgemäß eingesammelt hatte.

Nachdem sie ihren Weg wieder aufgenommen hatten und nur noch wenige Meter von ihrer Haustür entfernt waren, wurde Kümmering erneut Zeuge der unschönen Angewohnheiten seines Hundes, als dieser nämlich plötzlich, und ohne ersichtlichen Grund, mit einem kräftigen Ruck auf die Straße ausscherte, von wo er von seinem Herrchen jedoch ruckartig wieder aufs Pflaster zurückgezogen wurde, ehe sich Schlimmeres ereignen konnte.

Wie sie das kühle, schachtähnliche Treppenhaus betraten, nahm der junge Mann sein Haustier wie gewohnt auf den Arm, um es so ins oberste Stockwerk zu tragen, wo sich die Wohnung seiner Eltern befand. „Zuhause ist nicht einfach ein Ort, es ist ein Gefühl" prangte dort stolz auf der Fußmatte vor der Eingangstür – ein Spruch, welcher dem Studenten stets ein gewisses Unbehagen bereitete.

Nach seinem Eintritt erkundigte er sich mittels eines gut hörbaren Ausrufs, ob man bereits vom kurzen Ausflug in die Innenstadt zurückgekehrt sei – was jedoch nicht der Fall war. Wie nun Orfeo rasch an seinen Trinknapf eilte, begab sich Kümmering notgedrungen wieder an den Schreibtisch in seinem Zimmer (welcher unter einem Wirrwarr aus Formeltabellen und mehrseitigen Berechnungen kaum noch auszumachen war), um mit der Erarbeitung seiner Hausübung fortzufahren.

Die nordöstliche Ausrichtung seines Zimmers hatte zur Folge, dass es selbst bei schönstem Wetter wie eine dunkle, uneinladende Kammer wirkte, was dem jungen Mann langsam zur Sorge wurde, da er mit Fortschreiten seines Studiums einen wachsenden Zeitraum dort verbrachte.

Solange sich sein Computer im Prozess des Hochfahrens befand, verschaffte sich Kümmering etwas Ablenkung, indem er seinen Blick über die trostlose Szenerie außerhalb seines Fensters schweifen ließ – zum Gottweiß-wievielten Male. Unverwandt starrte ihm das bienenstockgleiche Antlitz der gegenüberliegenden Blockfront entgegen, während seine Augen von den leeren Wäscheleinen vorbei an den umherziehenden Rentnern bis hin zu den heruntergekommenen Autogaragen wanderten, ehe sie sich auf die kärglichen Topfpflanzen auf seinem Fensterbrett richteten (deren bedenklicher Zustand ihn einer baldigen Wasserzugabe gemahnte, so erfolglos diese auch sein mochte) und schließlich auf dem fertig eingerichteten Bildschirm ihre Ruhe fanden.

Nachdem er sich für eine gute Stunde konzentriert dem Voranbringen seiner Aufgaben gewidmet hatte, verließen ihn mit einem Male sowohl der Wille, als auch die Fähigkeit zum Fortführen seiner Arbeit, weshalb er sich eine kleine Pause davon gönnte.

Ein zunächst nur in vagen Umrissen erkennbares, dann jedoch deutlichere Formen annehmendes, zum regelrechten Impuls werdendes Gefühl bemächtigte sich allmählich seines Geistes, was ihn letztlich dazu veranlasste, sein Telefon zur Hand zu nehmen. Auf diesem öffnete er nun das Bild einer jungen Dame, deren leicht angewinkeltes Augenpaar im Zusammenspiel mit ihrer glatten, schulterlangen Haarpracht wohl ihr auffälligstes Merkmal bildete, und welche sich, etwas freizügig gekleidet, vor einem großen Spiegel selbst fotografiert hatte. Eine Weile betrachtete Kümmering jenes anzügliche Porträt, bevor er sich damit, von einem erhitzten Verlangen ergriffen, ins Badezimmer begab.

Ermattet von seiner unsäglichen Tätigkeit an seinen Arbeitsplatz zurückkehrend, dauerte es nicht mehr lange, bis das vertraute Geräusch eines rasselnden Schlüsselbundes samt des Knarrens einer sich öffnenden Tür die Rückkehr seiner Eltern ankündigte.

Heiter berichteten diese ihrem Sohn wenig später davon, wie sie dessen Großeltern auf ihrem Spaziergang durch die Altstadt begegnet waren (was sich nicht allzu selten ereignete), welchem sie mit erwartungsvoller Miene hinzufügten, dass sie ihm zudem eine Kleinigkeit vom Bäcker mitgebracht hätten. Gleichmütig stimmte Kümmering daraufhin dem Vorschlag seiner Eltern zu, zeitnah in der Wohnstube gemeinsam Kaffee zu trinken, wobei ihn das Angebot seines Vaters, ihm hierfür sogar einen Tee aufzugießen, positiv überraschte, da der Student selbst kein großer Freund des schwarzen Getränks war.

Untätig sah der junge Mann seiner Mutter von seinem üblichen Sitzplatz – das dem Fenster nächstgelegene Ende des Ecksofas – zu, wie sie den niedrigen Glastisch mit Servietten und kleinen Tellern eindeckte, dabei die allseitige Helligkeit genießend, mit welcher dieser Raum im Gegensatz zu dem seinen gesegnet war.

Die rustikale, beinahe unzeitgemäße Anbauwand, welche sich eines Sitzenden stets genau gegenüber befand, kontrastierte stark mit dem riesigen Fernsehgerät, welches von ihr wie ein pompöser Bilderrahmen umschlossen wurde. Feierlich eröffnete man die Kaffeestunde durch das Einschalten jener Wundermaschine, dem sich eine ausgiebige Kommentierung des folgenden Fernsehprogrammes anschloss, während man eifrig Kuchen und Süßgebäck verzehrte.

Als Kümmering nach geraumer Zeit wieder einfiel, dass sein Vater ihm die Zubereitung eines Tees versprochen hatte, und dieser nun vollends abgekühlt sein musste, kündigte er an, sich diesen aus der Küche holen zu gehen – von wo er jedoch mit leeren Händen zurückkehrte.

„Papa, meintest du nicht, du willst mir nen Tee machen? Ich hab da jetzt keinen gefunden."

Der Angesprochene neigte fragend den Kopf.

„Du wirst dir ja wohl alleine einen Tee machen können?"

„Ja, klar, aber warum bietest du es mir denn erst an,
wenn du es dann nicht machst?"

„Sebastian, es ist gut." fiel Frau Kümmering ein.

„Hä? Es ist doch gar nichts!...Hast du es denn vergessen oder was?"

„Jetzt reicht mir das aber!"

Abrupt erhob sich Herr Kümmering aus seinem Sessel, die kleinen, hasserfüllten Augen auf seinen eigenen
Sohn richtend.

„Du wirst dir ja wohl alleine einen Tee machen können oder was?" schrie er ihm ausdrucksvoll ins Gesicht.

„Ach, nur weil du zu dumm bist, nen Tee aufzugie-"

Brüsk wurde Kümmering in seiner Rede dadurch unterbrochen, dass sein Vater ihn kraftvoll gegen die Stu-
benwand schubste.

„He, hör auf! Hör auf!" kreischte Frau Kümmering
panisch, ihrem Mann handgreiflich Einhalt gebietend.

Für einen kurzen Moment brannte es dem Studenten
in den Fingern, diesen maßlosen Gewaltakt ohne Rück-
sicht zu erwidern – jedoch besann er sich rasch eines
Besseren und eilte stattdessen in sein Zimmer, dessen
Tür nun schleunigst verriegelnd. Für einige Minuten saß
er geistesabwesend, den Kopf auf eine Hand stützend,
vor seinem Schreibtisch und trommelte nervös mit den
Fingern – überdies zitterte er ein wenig und atmete

schwer. Die streitenden Stimmen seiner Eltern waren schon lange verstummt, als ihn ein schüchternes Klopfen an seiner Tür erschrocken auffahren ließ.

Zu seiner Erleichterung handelte es sich um seine Mutter, die darum bat, eintreten zu dürfen, was ihr zunächst verwehrt, auf ihr inständiges Bitten hin aber schließlich erlaubt wurde. Mit gesenktem Blick lauschte er ihrer Beteuerung, dass sie ihren Ehemann für sein Verhalten gründlich gescholten habe, und dass sich solche Ausfälle nicht noch einmal ereignen werden – was von Kümmering mit einem zustimmenden Nicken beantwortet wurde. Darüber hinaus bekundete er kein weiteres Interesse, sich über dieses Thema unterhalten zu wollen, weshalb Frau Kümmering alsbald aus seinem Zimmer verschwand – jedoch binnen kürzester Zeit schon wieder zurückkehrte, um ihm mitzuteilen, dass sein Vater mit ihm sprechen wollen würde.

„Oh, darauf hab ich jetzt ehrlich gesagt keine Lust."

„Er möchte sich auch entschuldigen."

„Mh...Ja, sag ihm, ich nehm die Entschuldigung an."

Nachdem er seine Tür wieder verschlossen hatte, um weiteren Belästigungen vorzubeugen, setzte er sich auf sein Bett und wählte die Rufnummer seines guten Freundes Johannes Flitz.

„Na, was gibts?"

„Du, Johannes, ich ruf an und zwar...Ich wollt dich fragen, ob ich vielleicht schon n bisschen eher kommen kann? Hat sich irgendwie so ergeben bei mir."

„Hmm...Zu wann dachtest du denn so ungefähr?"

„Dass ich so in ner halben Stunde da wär, vielleicht?"

„Oh, das wird leider nix, Basti, ich bin grad noch am Strand mit paar Leuten...Aber wir wollen nachher auch gleich los, eigentlich...Vielleicht so in Anderthalbstunden? Also zu um sechs?"

„Ja, perfekt, das hört sich gut an...Gut, dann bis dahin...Jo, Tschüss."

Das kurze Telefonat sorgte für eine sichtliche Hebung seiner Stimmung; ein mildes Lächeln breitete sich unwillkürlich auf seinem Gesicht aus.

Als der Zeitpunkt seines Aufbruchs immer näher rückte, spürte Kümmering eine wachsende, unweigerliche Hemmung davor, seine eigenen vier Wände zu verlassen, weshalb er, als er es dann notgedrungen tun musste, eine gewisse Eile in all seine Bewegungen legte, um sich vor seiner Abreise mit möglichst niemandem mehr unterhalten zu müssen. Er war gerade dabei, sein Schuhwerk anzulegen, als Frau Kümmering sein Vorhaben letztlich durchkreuzte.

„Wo gehst du denn hin?"

„Ich fahr zu Johannes."

„Und wann kommst du wieder?"

„Weiß ich nicht...Bestimmt heut Nacht irgendwann."

„Oh...Dann pass aber schön auf dich auf."

„Ja, mach ich."

Herr Kümmering, der diesen Wortwechsel von der Küche aus mitverfolgt hatte, trat nun hinzu, um seinen Sohn in liebevollem Tone ebenfalls daran zu gemahnen, auf sich Acht zu geben – nach einer eher stoischen Verabschiedung hastete der Student sogleich jenes finstere Treppenhaus hinunter, seine Gedanken nur noch auf den vor ihm liegenden Abend richtend.

III

Alexander Zemlinsky

Sarema:

Vorspiel

[00:00 — 00:45]

Sich geschickt durch Straßen- und Fußverkehr windend wie eine Schlange durchs tropische Unterholz, trieb Sebastian Kümmering sein klappriges Fahrrad dem nahenden Ende seiner rund zwanzigminütigen Fahrt entgegen. Über eine Reihe bogenförmiger Holzbrücken überquerte er den großflächigen Wassergraben, der den hügelartig ansteigenden Altstadtkern – welcher aus der Ferne eher wie ein backsteinernes, von Kirchtürmen gespicktes Nadelkissen wirkte – vom Festland trennte, wobei ihn ein stetig lauter werdendes Glockenläuten der Pünktlichkeit seiner Ankunft versicherte.

Das unebene Kopfsteinpflaster des steilen Zuweges rüttelte sein Fortbewegungsmittel kräftig durch, wie er unter der zarten Laterne eines jener mittelalterlichen Stadttore entlangfuhr. Etwas verschwitzt bog der Student in die Einfahrt zur Flitz'schen Wohnung ein, welche nach einigen Metern kühlenden Schattens in einen großzügigen Innenhof mündete.

Die von außen eher schlicht wirkende Fassade, welche sich unauffällig in ihre von historischen Baustilen geschwängerte Umgebung einzureihen vermochte, verbarg hinter ihren Mauern einen mehrstöckigen Wohnkomplex, der sich auf zwei benachbarte Seiten eines rechteckigen Platzes zu seinen Füßen beschränkte, während eine baufällige Wand diesen an den beiden anderen beschloss.

Nachdem der junge Mann sein Fuhrwerk an einem der dafür vorgesehenen Metallständer angeschlossen hatte, schickte er sich an, jenes Treppenhaus zu betreten, an dessen oberen Ende sich die fragliche Wohngemeinschaft befand – eine außenseitige Verglasung sorgte hierbei für eine angenehme Klarheit der Lichtverhältnisse, was durch jenes helltönige Interieur zudem äußerst begünstigt wurde.

Schon nach wenigen Stufen hallte ihm das ferne Geräusch einer zugeschlagenen Tür entgegen, welchem sich die Laute näher kommender Schritte naturgemäß anschlossen. Kümmering war gerade dabei, die Treppe des zweiten Stockwerks hinanzusteigen, als sich ihm deren Urheberin offenbarte, wie sie gerade im Begriff stand, selbige hinabzusteigen.

Seinen anfänglichen Verdacht, dass es sich bei der geschlossenen Wohnung nur um eine des obersten Stocks handeln konnte, sah sich nun bestätigt: Die Besitzerin jenes schiefen, verführerischen Augenpaars, gleichzeitig Flitzens Mitbewohnerin und Kümmerings Studienkollegin eines niedrigeren Semesters, stieg ihm langsam jene Stufen entgegen, ihn dabei mit einem jener unbewegten Blicke fixierend, dessen gnadenlose Unbarmherzigkeit schon den ein oder anderen jungen Mann zur Verzweiflung gebracht hatte – jene Venus im schwarzen Leder, die ihren reizvollen Körper durch ihre halb verschlossene Jacke nur nachlässig zu verhüllen suchte, deren burschikoses, schulterlanges Haar die ganze Pracht ihres Leibes nur umso stärker betonte; die Aussprache ihres verheißungsvollen Namens stets begleitet von einem mehrdeutigen Grinsen oder einem schmachvoll gesenkten Blick: Alina Riefenstahl.

Einer Königin gleichend, welcher der Befehl zur Exekution schon ungeduldig auf den Lippen brennt, schaute ihr kaltherziges Antlitz – aufgrund des leichten Höhenunterschieds – herausfordernd auf jene verlorene Seele hinab, wie man nun auf einer angemessenen Distanz zueinander Halt gemacht hatte. In dem darauffolgenden, eher obligatorischen Gespräch über jedermanns Bestrebungen (in dessen Verlauf sich herausstellen sollte, dass sich Alina Riefenstahl lediglich zu einem kurzen Einkauf in die Altstadt begab) wurde alsbald ersichtlich, dass Kümmering genau zur rechten Zeit gekommen war, da Johannes Flitz sich erst seit kurzem wieder in seiner Wohnung eingefunden hätte.

Da dem Studenten soweit kein passender Vorwand einfallen sollte, die Konversation über das gewisse Mindestmaß hinauszuführen, verabschiedete man sich schon wenig später wieder voneinander – jedoch in einem eher kurzfristigen Sinne, da beide davon ausgingen, sich nach Riefenstahls Rückkehr in Flitzens Wohnung höchstwahrscheinlich noch einige Male im Verlauf des Abends über den Weg zu laufen.

Gedankenverloren seinen weiteren Anstieg fortsetzend, schien der junge Mann derart vom Anblick jener Jezebel überwältigt, dass er es zwischendurch vergaß, seinen Fuß entsprechend der Stufenhöhe zu heben – und deshalb beinahe hingefallen wäre, hätte er sich nicht rechtzeitig am Geländer festgehalten.

Riefenstahl, die dies alles vom unteren Ende aus mitbekommen hatte, erkundigte sich in erschrockenem Tone sogleich nach seinem Wohlbefinden, welches er ihr auf eine möglichst leichtlebige Art jedoch umgehend versicherte. Kurze Zeit später brachte Kümmering seine Anreise zu ihrem endgültigen Abschluss, als er, noch immer etwas peinlich berührt, jene Klingel mit der Aufschrift „Flitz/Degering/Riefenstahl" betätigte.

IV

Carl Orff

Carmina Burana: Pt. 1, Uf dem Anger: Tanz

Von goldenen Ringen, Ketten, Accessoires und Armschmuck übersät wie die heidnischen Tyrannen Mesopotamiens, öffnete Johannes Flitz verschmitzt lächelnd seinem Gast die Pforte zu seinen heiligen Gemächern, woraufhin man jenen langen Flur durchquerte, auf welchen die Zimmer seiner beiden Mitbewohnerinnen mündeten und an dessen Ende sich das seinige befand.

„Ah, na endlich!" stöhnte Kümmering, sich geräuschvoll auf Flitzens ausgemergeltem Sofa niederlassend.

„Ja, komm erst mal an, Basti...Und, wie war dein Tag so bisher?"

„Ach, eigentlich recht...ereignislos. Hab noch bisschen an der einen Hausübung gearbeitet."

„Ah...Ja, das hat doch auch was."

„Ja, das denk ich auch...Und bei dir? Du warst am Strand?"

„Ja pass auf, das war ganz verrückt heute alles...Heute Vormittag war ich mit Kaya in der Hochschule lernen...dann mittags was mit Mohammed in der Innenstadt essen...danach sollte ich Alina noch irgendwas mit der Mikrowelle helfen...und dann sollte ich noch mit dem anderen Sebastian und seinen Leuten mit an den Strand kommen...Aber jetzt bin ich auch erstmal bisschen geschafft, das sag ich dir."

„Puh, das hört sich auch echt stressig an."

„Das stimmt wohl...Gottlob."

„Gottlob...Wollen wir aufn Balkon?"

Kümmering verlieh seiner Anfrage durch eine recht simple Handgeste deutlich mehr Ausdruckskraft.

„Immer gerne.“

Flitzens Zimmer hatte den Vorteil, dass es als einziger Raum einen eigenen Außenbereich hatte, was letztlich dazu führte, dass seinem Inhaber die zweifelhafte Ehre zufiel, diesen häufig auch seinen Zimmernachbarinnen – und teilweise sogar deren Gästen – auf Anfrage zur Verfügung stellen zu dürfen.

Über jenen tristen Innenhof hinaus bot sich ihnen ein weites Panorama geschichtsträchtiger Architektur: Eine unvergleichliche Silhouette filigraner Kirchenbekrönungen, zierlicher Schornsteine, klobiger Uhrtürme und modernster Museen nach Bilbao-Manier. Die orangefarbene Glut, welche hinter einem schier endlosen Meer aus Dächern mächtig zu brodeln schien, kontrastierte stark mit jener gräulich-violetten Flutwelle, die sich ihr genau gegenüber befand, und welche jeden Moment über sie hereinzubrechen drohte – und deren Anblick den Studenten aufgrund ihrer zeitlichen Implikationen schlichtweg daran erinnerte, noch nicht diniert zu haben.

Nachdem man also den gemeinsamen Tabakkonsum zu seinem vorläufigen Ende gebracht hatte, machte er seinen gewitzten Kumpanen auf die Essensfrage aufmerksam, worauf eine grobe Erörterung der hierfür angemessensten Herangehensweise folgte: Während Kümmering die eher phlegmatischere Lösung einer einfachen Pizzalieferung favorisierte, plädierte Flitz entschieden für den schnelleren – und kostengünstigeren – Besuch eines nahegelegenen Kebab-Imbissladens, auf welchen man sich letztlich infolge finanzieller Erwägungen einigte.

„Da wurd letztens sogar einer erschossen, da is es jetzt schön billig." freute sich der Gastgeber zu diesem Anlass.

Da man eine Umsetzung dieses pauschalen Lösungsansatzes nicht unnötig hinausschieben wollte, machte man sich sogleich auf den Weg. Über ein paar schmale Nebengassen gelangten sie schließlich auf die breite, von Ladenfronten gesäumte Hauptstraße, auf welcher das Sonnenlicht den Fußgängerraum aufgrund der hohen Fassaden schon vor einiger Zeit verlassen hatte. Wie sich die großflächigen Plätze und Boulevards bereits zu leeren begannen, wurden die Restaurants scheinbar immer lauter und lebhafter – es wirkte fast so, als würden sie sich in einem solchen Maße mit Gästen den Bauch vollschlagen, dass sie sie in beschirmten Sitzbereichen wieder auf das Pflaster ausspien.

Infolge der räumlichen Nähe ließen sich die beiden Studenten ihre Bestellungen zur Mitnahme einpacken, weshalb sie sich schon wenige Minuten nach Betreten des Lokals wieder auf dem Rückweg befanden – als sie plötzlich ein ihnen bekanntes Gesicht auf dem gegenüberliegenden Gehweg erkannten.

40

Mit herausfordernd ausgestreckter Brust, der physischen Präsenz eines Gladiatorenkämpfers auf dem Höhepunkt seines Ruhmes und einem gravitätischen, fast gebieterischen Aufsetzen der Sohlen marschierte Sandro Meyer über das unebene Kopfsteinpflaster, als würde er es dadurch wieder in Reih und Glied bringen wollen.

Die zwei schmächtigen Herren, die ihn wie eine Leibgarde umgaben, schienen ihm stillschweigend in seinen Ansprachen zu lauschen, bis jener vertraute Anblick den Redner just darin innehalten ließ. Wie er seinem Hofstaat durch die Änderung seiner Gehrichtung angewiesen hatte, es ihm gleich zu tun, schlenderte er königlich auf die beiden Studenten zu, denen er zur Begrüßung beinahe die Handknochen gebrochen hätte, wäre ihm der körperliche Unterschied zu ihnen nicht gleich wieder in den Sinn gekommen. Seine Mundschenke schienen sich diese Ehre nicht anmaßen zu wollen, denn sie begnügten sich mit einem wortlosen Kopfnicken.

„Ach, wir haben uns nur schnell was zu essen geholt." antwortete Flitz schließlich auf Sandro Meyers Frage, was das Ziel ihres Spazierganges wäre.

„Ah, ich seh schon. Ja, lassts euch schmecken, Jungs...Ach, sagt mal, sieht man sich nachher noch im „Alten Speicher"?"

Kümmering sah neugierig auf.

„Oh, is heute was?"

„Ja, heute is...ich glaub Technik und Aktuelles."

„Techno und Aktuelles." berichtigte ihn einer seiner Souffleure.

„Ja, Technik, Techno, was auch immer. Jedenfalls hab ich schon von so paar Leuten gehört, dass die da heute alle hingehen wollen. Also das soll wohl echt krass da werden, die wollen wohl auch alle Tanzflächen aufmachen, diesmal."

„Oh, das hört sich interessant an." stimmte der Student sichtlich begeistert an.

„Na...irgendwie, Sandro, ich muss dir ehrlich sagen...Ich glaub, bei mir wird das nix heute. Bin echt zu geschafft. Ich war auch noch am Strand und so, musste was in der Wohnung machen...Ich glaub heute wär ich mal raus."

„Oh, dass ich den Tag mal erleb, Johannes!"

„Tja, wer hätte das gedacht."

Kümmering, dessen Gesicht wieder einen ernüchterten Ausdruck angenommen hatte, wandte sich mit der Frage an Meyer, wer denn laut seinen Quellen alles kommen würde.

„Also, soweit ich weiß...Hier, die WG von Helena, dann Alexander und seine Leute, dann noch hier diesen, kennt ihr diesen einen Jannick, der, der mal bei Erik in der WG gewohnt hat?...Ja genau, der, und seine Leute noch...Achso, und Clara mit paar Leuten."

„Clara Behrends?" warf Kümmering sogleich ein.

„Ja, genau. Kennst du die?"

„Ja, die kenn ich, die studiert bei mir mit im Kurs."

„Ah, perfekt...Ja, die gehen alle dahin. Von mehr weiß ich nich."

„Das sind ja auch schon ne ganze Menge."

„Da hast du wohl recht...Naja!" – Meyer klatschte geräuschvoll in die Hände – „Könnt ihr euch ja noch überlegen, ob ihr kommt. Wir werden dann mal auch so langsam weiter...Guten Appetit euch! Und wenn wir uns nich mehr sehen heute: Macht euch noch anderweitig n schönen Abend!"

Seinen beiden Begleitern genügte ein stillschweigender Abschiedsgruß.

„Ja, vielleicht bis nachher!" rief Kümmering voller Hoffnung auf eine eventuelle Wendung der Dinge, bevor jede Partei anschließend wieder ihrer Wege ging.

Auf dem restlichen Heimweg versuchte der Student, seinen eigensinnigen Freund vergeblich zu einer Änderung seiner Meinung zu überreden – bis er letztendlich, als er am Ende seiner argumentativen Künste angelangt war, triumphal deklarierte, dass er notfalls auch alleine dorthin gehen würde.

„Du, ich wär der Letzte, der dich aufhalten würde." erklärte Flitz etwas gleichmütig.

„Ja, mal gucken...Weißt du, was? Für alle Fälle: Geh schon mal vor zur Wohnung, ich komm gleich nach – ich hol nur noch schnell paar Getränke, bevor die zumachen."

„Oh, das is ne gute Idee."

„Soll ich dir irgendwas mitbringen?"

„Hm...Na, bei nem kleinen Bierchen würd ich schon nicht „Nein" sagen."

„Na gut, dann weiß ich Bescheid...So, bis gleich."

Wie Kümmering von seinem kurzfristigen Einkauf in die Flitz'sche Wohnung zurückkehrte, widmete man sich umgehend dem Verzehr ihrer orientalischen Speisen, sich dabei der vielseitigen Annehmlichkeiten des Balkons bedienend, während sich der Student in seiner gewohnten Weise wieder so sehr verunreinigte, dass ihm sein Gastgeber ein paar Papiertücher aus der Küche holen musste.

Nach Beendigung ihres reichlichen Abendmahls verblieben sie zunächst an Ort und Stelle, da die bisherigen Temperaturverhältnisse einen Rückzug in Flitzens Zimmer noch nicht erforderten, wobei eine gewisse Bequemlichkeit seitens der beiden Herren – samt der Möglichkeit eines reibungslosen Zigarettenkonsums – sicherlich zu dieser Entscheidung beigetragen hatte. Kümmering nutzte diesen Umstand, um seinen Freund in einer für ihn selbst etwas unangenehmen Angelegenheit um Rat zu bitten.

„Ach, ich wollt dir noch erzählen...Ich bin nämlich mittlerweile am Überlegen, ob ich mir mal ne Dating-App zulegen sollte."

„Ah...Ja, klar, warum nicht."

„Was is so deine Meinung dazu?"

„Du, wenns hilft, seh ich nix, was dagegen sprechen sollte. Außerdem...man sammelt ja auch Erfahrung."

„Ah, sehr schön...Ja, freut mich, dass du das auch so siehst."

„Ich hatte so was ja auch mal...Aber mittlerweile muss ich sagen, kommt das für mich eigentlich nich mehr infrage."

„Oh, wieso das?" fragte Kümmering etwas verwundert.

„Ähm...Also zum einen kennen mich halt auch schon viel zu viele Leute, deshalb wär das für mich mittlerweile dann auch bisschen unangenehm. So wenn Leute einen da so sehen, und das gleich rumerzählt wird."

„Ohh, ja, okay...Doch, kann ich auf ne gewisse Art schon nachvollziehen."

„Aber ich muss sagen, der Hauptgrund ist tatsächlich," fuhr Flitz nach kurzem Überlegen fort, „dass ich so bisschen für mich selbst entdeckt hab, dass ich die ganze Dating-Sache auf ne fundamental andere Weise angehe, als mir so ne App ermöglichen könnte."

„Nämlich?"

„Naja, auf soner Dating-App...Das is ganz komisch. Das is wie son Laden...Die Frauen...Jeder zeigt so bisschen von sich, wer man so ist...Man fühlt sich so bisschen wie son Produkt, und nimmt die anderen dann auch so wahr...Ich weiß ja nich, wie das bei andern so is, aber ich hab so bei mir gemerkt, man tendiert dann auch dazu, so ganz oberflächlich zu werden. Dann gibt man einer den Laufpass, nur weil man vielleicht ihre Nase nich schön findet, oder weil sie zu viele Pickel hat, was auch immer…So Sachen, für welche man den Leuten im echten Leben vielleicht nicht sofort eine Abfuhr gegeben hätte! Aber auf soner App hat man halt Auswahl, und dann vergleicht man halt…Und ich muss auch zugeben, so dieses ganze vorherbestimmte Ding, sich da von zig dann eine auszusuchen, das hat für mich auch so einen…deterministischen Charakter…Weißt du was ich mein?“

„Ja, so ungefähr.“

„So dieses…Ich würds vielleicht „Gewissheit“ nennen. So zu wissen, „Ah, ja, die soll es sein. Ich kenn sie zwar nicht, vielleicht würde ich sie im normalen Leben auch nie kennenlernen, aber jetzt gibt es ja diese technischen Wunderwerke, jetzt kann ich sie ja einfach anschreiben.“ Weiß ich nich, ob das das Richtige is…Menschen, denen du vielleicht nie begegnen würdest, unter normalen Umständen…Wohlgemerkt vielleicht ein völlig anderes sozio-ökonomisches Umfeld!…Nein, ich brauch so dieses…nicht zu wissen, ob es klappen wird. So dieses, jemanden aus der Situation heraus kennenlernen…Ungewissheit! Genau! Dating-Apps verschaffen einem halt Gewissheit – man muss sich nicht aus der Komfortzone herausbegeben, um jemanden kennenzulernen, kann alles entspannt am Handy machen, hat keine (offensichtliche) Konkurrenz; wenn es nicht passt, antwortet man einfach nich mehr – das sind so alles Sachen, die mich nich sonderlich reizen. Ich brauch so den Moment, so das Gefühl…so aus der Situation heraus! Du weißt doch noch meine Freundin Anna-Lena?"

„Ja."

„Ich muss ehrlich gestehen – jetzt so im Nachhinein – ich fand die wirklich nich besonders hübsch. Aber ich fand, die hatte was…So ihr Charakter. Jemanden wie sie findet man nicht alle Tage…Aber, worauf ich eigentlich hinauswill, eine Anna-Lena zum Beispiel…hätte ich sie da auf dieser Dating-Seite gesehen, ich hätte die locker keines zweiten Blickes gewürdigt. Weil man sich halt nicht kennt! Weißt du, was ich mein?"

Flitz wartete keine Antwort ab.

„Lieber so aus dem Moment heraus, vielleicht sogar aus einer Laune heraus! Nur dann, finde ich, spürt man dabei doch auch was…Lieber ein Leben in Ungewissheit, als in Gewissheit! Darauf würd ichs runterbrechen."

„Oha…Hm…Ja…Ja, doch, da is schon was dran…Ja, wer weiß, mal gucken."

„Ja, mach einfach, wie du denkst, Basti."

Rasch holte sich Flitz eine weitere Zigarette aus seiner griffbereiten Packung, ehe sein Gegenüber fortfuhr:

„Aber jetzt werd ich mich erstmal drum kümmern, noch jemanden für die Party zu organisieren. Du willst ja partout nicht?"

„Ich denke nicht."

„Na gut...So, ich frag jetzt mal den Neumann."

„Ja, der hat bestimmt Bock...Alina kannst du auch noch fragen, die is bei so was eigentlich auch immer dabei."

Ein subtiler Ausdruck der Unsicherheit schlug sich auf des Studenten Gesicht nieder.

„Meinst du?...Ja, gut, ich kann sie ja mal fragen."

„Musst du auch nicht."

„Doch, doch, ich frag sie nachher mal...Ah, sehr gut, der Neumann hat schon geschrieben."

„Und, was sagt er?"

„Er würd tatsächlich sehr gerne mitkommen."

„Oh, sehr schön! Dann hast du ja schon mal jemanden."

„Ja...Er meinte grad, er würd so in ner halben Stunde herkommen...Wär das okay für dich?" fragte Kümmering seinen Gastgeber, nachdem er Paul Neumanns Fragen bezüglich Ort und Zeit ihres Zusammentreffens beantwortet hatte.

„Ja, klar, natürlich."

„Super, das freut mich...Schreib ich ihm das mal...So, schauen wir mal, wie spät wirs haben...Oha, schon kurz vor neun. Wollen wir so langsam reingehen? Ich würde dann gleich erstmal das große Trinkfest eröffnen."

„Ja, Mann, los gehts!" rief Flitz begeistert.

Wie man es sich nun drinnen gemütlich gemacht hatte, schaltete man den Fernseher ein, um sich etwas leichtes Entertainment zu verschaffen – wobei es vielmehr darum ging, einen stetigen visuellen Reiz zu empfangen, statt einen für sich stehenden Gesprächsgegenstand zu erschaffen. Ein geräuschvolles Klirren läutete den festlichen Abend ein, wie die beiden Studenten miteinander anstießen.

„Mmh!...Doch, das schmeckt."

„Hab ich doch das Richtige gekauft?"

Interessiert musterte Flitz das Etikett seines Getränks.

„Doch, muss ich schon sagen...Das merk ich mir."

„Freut mich, freut mich...Ja, das war so das Erste, was ich damals in den Clubs immer getrunken hab."

„Ah!"

Auf dem niedrigen Couchtisch vor ihm entdeckte Kümmering ein kleines Buch.

„Oh, was liest du hier Schönes...Oha! „Die Leiden des jungen Werther"!"

„Mhm!"

„Und? Leidet er doll?"

„Ha ha!...Naja, du musst dir vorstellen: Der Typ will halt auf Krampf diese Uschi, die hat aber leider schon n Macker...und am Schluss erschießt er sich halt."

„Ach, hast schon durchgelesen?"

„Ja, gestern grad."

Kümmering zog eine scherzhafte Miene.

„Das hört sich ja nich gerade spaßig an."

„Ha, das stimmt wohl! Ohne Witz, das Buch war auch voll anstrengend geschrieben. So wie son Tagebuch. Und daraus soll man sich dann die Handlung erschließen."

„Ach Gott! Aber hast es ja durchgehalten. Toi, toi, toi!"

„Ha ha! Immerhin! Aber jetzt so im Endeffekt...Obwohl das ja so jemand in unserm Alter sein sollte, konnte ich mich mit diesem Werther die ganze Zeit überhaupt nich identifizieren."

„Oh, warum das denn?"

„Naja, stell dir vor...Das is so einer...der will dieses Mädel so ganz doll auf Krampf...und hat auch so nix anderes im Kopf...Und obwohl sich quasi abzeichnet, dass das nix wird, weil sie ihren Freund halt auch nich für ihn verlassen will, macht der da so mega den Terz...anstatt sich einfach damit abzufinden und sich irgendeine andere zu suchen...Tja, manche Leute."

„Hm...Ja manche sind da wohl bisschen...Ich würds vielleicht „anhänglicher" nennen."

Flitz runzelte die Stirn.

„Ja, was heißt „anhänglich"...Ich find, man sollte schon so bisschen realistisch bleiben mit allem."

„Ja, das stimmt wohl...Ja, es gibt ja so Typen, die sich so ganz arg an genau einer dann aufhängen...und das wird denen halt irgendwann vielleicht zum Verhängnis."

„Auf jeden Fall...Ich weiß jetzt zwar nich, wie das damals alles so war, aber so für heutzutage...Für mich klingt das alles schon bisschen affig. Sich so für irgendein Mädel total zum Obst machen...Weiß ich nich, ob das der richtige Weg is...Irgendwie seh ich mich da nich."

Kümmering nickte verständnisvoll.

„Ja, ja, ich weiß, was du meinst."

„Ich mein, für was auch? So auf Krampf wird das eh nie was...Entweder, es kommt von ganz alleine, oder halt nich. Das ist nunmal der Lauf der Dinge."

„Das is so, das is so...Du, ich geh mal kurz auf Toilette, okay?"

„Jo, mach das."

Just in dem Moment, wie Kümmering das Bad betreten wollte, trat Alina Riefenstahl, offenbar zurückgekehrt von ihrem Einkauf, aus selbigem Zimmer, sodass sie sich zunächst erschreckte, jemanden direkt vor der Tür vorzufinden. Man wechselte einen spaßhaften Spruch im Vorübergehen, und als der Student seine dortige Angelegenheit beendet hatte, stattete er ihr in der gemeinschaftlichen Küche einen spontanen Besuch ab – wo sich die dritte Mitbewohnerin, Melanie Degering, gerade ebenfalls aufhielt. Da Letztere um einige Jahre älter war als er selbst – und darüber hinaus als ihre beiden studentischen Mitbewohner – trug Kümmering ihr gegenüber stets einen gewissen Respekt zur Schau, der jedoch unvermeidlich dazu beigetragen hatte, eine gewisse Distanz zwischen ihnen zu erschaffen. Gelassen lehnte er sich an den Türrahmen.

„Na, was macht ihr hier so Schönes?"

Melanie Degering warf ihm einen etwas sauertöpfischen Blick über die Schulter zu.

„Schönes? Es nennt sich „Abwaschen"."

„Oh, ich seh schon...Ach, habt ihr gar keinen Spüler?"

„Spüler sind auch mal voll, oder? Pfeife."

„Stimmt, stimmt...Und du, Alina? Wäschst du auch fleißig ab? Du siehst auch schon ganz aus der Puste aus."

„Ich hab tatsächlich gestern schon abgewaschen."

„Oh, wie löblich...Naja...Achso, ich wollte dich übrigens noch fragen: Nachher is wohl noch so ne große Party im „Alten Speicher". Hattest du davon irgendwie was mitbekommen?"

„Nee, davon hab ich noch nix gehört."

„Ah, okay. Nee, weil Johannes und ich gehen da wahrscheinlich nachher noch hin. Hättest du da vielleicht auch Lust, mitzukommen? Wenn du natürlich nich schon zu müde bist."

„Ha ha! Nee, zu müde bin ich noch lange nich. Was läuft denn da heute Abend?"

„Also, es heißt wohl Techno."

„Ah...Ja, warum eigentlich nich. Ich hätt heut Abend eh nichts Besseres zu tun." erklärte Riefenstahl nach einer kurzen Denkpause.

„Ah, sehr schön, das freut mich."

„Für mich ist so was ja nix mehr." warf Degering in das Gespräch.

„Oh...Wieso das?" fühlte sich Kümmering verpflichtet, zu fragen.

„Zu viel Lärm, zu viele Leute. Ich kann das alles nich mehr ab."

„Ja, doch, kann ich voll nachvollziehen. Irgendwann wird einem das auch mal zu viel."

„Wenn man jung ist, steckt man das ja alles noch locker weg...und irgendwann dann nicht mehr."

„Ja...Ja, wie das alles so is, ne."

„Also, ich würde dann nachher einfach dazukommen." nahm Riefenstahl das Wort an Kümmering gewandt wieder auf.

„Ah, ja, sehr schön."

„Habt ihr was zum Mischen? Ich hab nämlich nix mehr da."

„Ich hab vorhin tatsächlich noch ganz viel besorgt. Da is bestimmt auch was für dich dabei."

„Perfekt. Gut, dann bis gleich."

Zufrieden mit dem Ergebnis seiner Bemühungen kehrte der Student auf seinen Sitzplatz zurück, wo er sich mit seinem Kumpanen noch für einige Minuten in bester Stimmung unterhielt, bis ein unüberhörbares Türklingeln schließlich die Ankunft des dritten Mannes verkündete.

Nachdem Flitz den neuen Gast in sein Zimmer geführt hatte, zog Paul Neumann sich sogleich einen Stuhl an den kleinen Tisch heran, sodass er sich seinen Gesprächspartnern genau gegenüber befand. Er zeigte sich dem vor ihm liegenden Abend sehr optimistisch, sprach davon, wie lange er schon nicht mehr auf einer Party war, und wie sehr er dies auskosten würde.

Um sich hierfür erst einmal in Stimmung zu bringen, holte er kurzerhand ein kleines Tütchen aus seiner Bauchtasche und begann dessen weißpulverigen Inhalt auf die Tischfläche auszuschütten – wenig später schob er dort nun kleine Streifen zurecht, welche er anschließend, so wie Kümmering und Flitz sein Angebot einer Teilnahme abgelehnt hatten, geräuschvoll durch seine Nase einatmete.

Seine wiedergewonnene geistige Freiheit nutzte Neumann sogleich dazu, ein erst kürzlich erschienenes Hip-Hop-Album derart kontrovers zu kommentieren, dass er hierdurch unter den Anwesenden eine Debatte über aktuelle Trends in jenem Genre auslöste. Die vorgebrachten Argumente veranschaulichte man häufig dadurch, dass man die besprochenen Lieder auf Flitzens Musikbox, welche er für eine angenehmere Atmosphäre schon seit längerem hatte laufen lassen, abspielen ließ.

Man befand sich längst in ausgelassenster Stimmung –
mehrere leere Dosen und Flaschen zierten schon den
kaum wiederzuerkennenden Couchtisch – als sich Riefenstahl letztlich zu der Männerrunde hinzugesellte. Ihre
Abendtoilette erregte mithin allgemeines Aufsehen,
wenngleich man sie unkommentiert beließ.

Flitz, der sich anfangs infolge seiner Bedenken noch
zurückgehalten hatte, ließ sich mit der Zeit doch zu dem
einen oder anderen Schluck überreden, sodass in den
Episoden, in denen Neumann völlig apathisch aus seinem Stuhl vor sich hinblickte, ihm gegenüber bereits
hemmungsloses Gelächter herrschte – wobei anzumer-
ken ist, dass Riefenstahl es innerhalb kürzester Zeit be-
werkstelligte, ihren Alkoholpegel dem ihrer Sitznach-
barn anzugleichen.

Während körperliche und kognitive Fähigkeiten der
Anwesenden zusehends eingeschränkter wurden, schien
die allgemeine Stimmung jedoch in gegenläufiger Richtung immer euphorischer und festlicher zu werden. Als
man einen für den Aufbruch geeigneten Zeitpunkt erreicht hatte, nahm Neumann dies zum Anlass, sich als
„Vorhut" mit jener Musikbox in den Flur zu begeben,
wo er sie bis zu einer unliebsamen Lautstärke aufdrehte
und sich dabei ekstatisch zur Musik bewegte. Ehe man
sich versah, lehnte sich eine verschlafen dreinschauende
Degering aus ihrer Zimmertür und gebot den jungen
Leuten mit grimmiger Miene, dem Unfug sofort ein En-

de zu machen – woraufhin sich die drei Partygänger beim Umziehen umso mehr beeilten. Wie Riefenstahl bemerkte, dass sich ihr männlicher Mitbewohner dem Vorhaben gar nicht anschloss, schaute sie etwas überrascht zu diesem hinüber.

„Ach, kommst du gar nicht mit, Johannes?“

„Ich? Nee, eigentlich wollte ich heut mal nich.“

„Oh. Aber Sebastian meinte vorhin-“

„Ach, nu komm auch mit, Johannes. Was würdst du denn jetzt hier noch Sinnvolles machen? Außerdem bist du eh schon viel zu besoffen…Da kannst du auch gleich mitkommen.“ nuschelte Kümmering vorwurfsvoll.

„Hm…Ja, ich…Wobei…Ach, scheiß drauf, dann komm ich halt mit.“

„Ja, Mann! So lob ich mir das.“

„Dann wartet aber noch kurz, weil dann zieh ich mir fix noch was Anderes an.“

Als Flitz wenig später in einer gewohnt auffälligen Abendgarderobe wieder im Flur erschien, überreichte er Kümmering zunächst dessen beinahe verwaisten Rucksack.

„Oh, danke…Siehst, den hatte ich schon ganz vergessen…Da sind auch meine ganzen Schlüssel drin.“

„Tja, wenn du mich nicht hättest.“

In einer unsäglichen Lautstärke wankte der Vierertrupp das grell erleuchtete Treppenhaus hinab, von wo aus man schließlich in die angenehme Wärme einer noch jungen Sommernacht hinaustrat.

V

George Gershwin

Klavierkonzert in F-Dur:

III. Allegro agitato

Flüchtige Eindrücke altertümlicher Fassaden zogen nahezu unbemerkt an der berauschten Prozession vorüber, wie sie lautstark die menschenleere Altstadt durchquerte, sich dem großen Backsteingebäude am Stadthafen – dem Ziel ihrer Reise – dabei stetig nähernd. Der giftgelbe Teppich, welchen die zahlreichen Laternen über das unebene Pflaster ausbreiteten, ließ dieses eher den Schuppen eines riesigen Ungetüms ähneln, welches gerade im Begriff stand, seine nächsten vier Opfer ihrem bevorstehenden Unglück zuzuführen. Einige der vereinzelten Passanten, die ihnen gelegentlich entgegenkamen, wechselten mitunter eiligst die Straßenseite, so wie sie der grölenden Bande ansichtig wurden.

Als die jungen Leute sich plötzlich am Ende einer langen Schlange wiederfanden, ein sanftes Rauschen des Meeres im Rücken, äußerte Paul Neumann sogleich seine Verwunderung darüber, wie man so schnell dort hingekommen sei, da man doch seiner Meinung nach gerade erst losgegangen wäre – was natürlich zur allgemeinen Belustigung nicht minder beitrug.

Träge wanderten Kümmerings Blicke die von mehreren Scheinwerfern dramatisch in Szene gesetzte, jenen schmucklosen Kathedralen des frühen Mittelalters gleichende und sich bedrohlich in den Nachthimmel türmende Hausfront hinauf. Nachdem er seiner Flasche mit einem großen Schluck die letzte Flüssigkeit entrungen hatte, stellte er sie neben den nächstgelegenen Mülleimer, woraufhin Flitz, stets auf ein Kommentar erpicht, ihn scherzhaft als ein „waschechtes Vorbild" betitelte.

Als sie sich relativ nahe der Eingangstreppe befanden, bemerkte der Student eine etwas abseits stehende Gruppe junger Leute, in deren Mitte ein kleiner Hund zwischen Glasscherben und Zigarettenstummeln umherirrte, dessen Anblick ihn unweigerlich an Orfeo erinnern musste – weshalb er über ein solch unverantwortliches Verhalten schnell die Nase rümpfte.

Im Anschluss an die kurze Durchsuchung, welcher sich Kümmering aufgrund seines Rucksackes unterziehen musste, vereinigte er sich wieder mit seinen vorausgegangenen Freunden, sodass man sich gemeinsam an der Abendkasse innerhalb der Lobby – denn der „Alte Speicher" fungierte hauptsächlich als Hotel – eine Karte für jene Veranstaltung erkaufen konnte. Nach erfolgreicher Durchführung empfing ein jeder von ihnen den entsprechenden Stempel auf das Handgelenk, der sie als Gäste ebenjener Feierlichkeiten auswies, sowie einen kleinen Sticker auf die Außenkameras ihrer Telefone, welcher verhindern sollte, dass sie dort kompromittierendes Verhalten filmen oder fotografieren könnten.

An der Schlange zur Garderobe stand man fast noch einmal so lange wie vor dem Einlass, weshalb es schon kurz nach elf schlug, als sie den größeren der beiden Tanzsäle im Erdgeschoss schließlich betraten. Ein kaleidoskopartiges Lichtspiel der unterschiedlichsten Farben, ein entsetzlich dröhnender Bass und eine wilde, ungezähmte Menschenmasse konstituierten die Szene, die sich ihnen nun darbot.

Man drängte sich ein wenig hinein, damit man beim Tanzen nicht komplett am Rande stehen würde, und blieb infolge der ungünstigen Platzverhältnisse zunächst dicht beieinander. Dieser Umstand führte darüber hinaus dazu, dass man sich, was das Ausmaß der eigenen Bewegungen anging, in ziemlicher Zurückhaltung üben musste, um bei niemandem anzustoßen.

Instinktiv suchten Kümmerings Blicke die seines weiblichen Gruppenmitgliedes, welche im Gegenzug den seinen jedoch nicht mehr Aufmerksamkeit zu schenken vermochten, als denen ihrer anderen männlichen Begleiter, geschweige denn denen der anderen Gäste. Andachtsvoll betrachtete er jenes makellose, puppengleiche Gesicht, wie es sich unbekümmert von ihm abwandte, den athletischen Hals und markanten Kiefer dabei kunstvoll zur Schau stellend.

Nach ein paar Minuten wurde sie offenbar von einer ihrer Freundinnen angesprochen, weshalb sie ihrer Gruppe kurz darauf signalisierte, dass sie die Tanzfläche erst einmal verlassen werde – wenig später löste sich Neumann gleichfalls aus dem Verband, indem er erklärte, sich auf die Toilette begeben zu müssen. Die neu gewonnene Mobilität nutzte Flitz indessen dazu, sich in das Zentrum jenes Sturmes durchzudrängen, wobei er allerdings gewissenhaft darauf achtete, dass Kümmering es ihm gleichtat.

Wie sie dort anlangten, mussten sie überrascht feststellen, dass sie sich nun so nahe an der Musikquelle befanden, dass es einem nicht mehr erschien, als wäre es zu laut, um irgendetwas anderes hören zu können, sondern nämlich eher, als wäre man taub geworden, und würde die Lieder lediglich im eigenen Kopfe hören – doch genau dieser Ort schien Flitz die passende Bühne zu sein. Mit ausladenden Bewegungen gab er der alles durchdringenden Rhythmik freie Gewalt über seinen Körper, sang jedes Lied so laut mit, wie es ihm möglich war, passte seine Mimik jedem Vers individuell an, filmte sich dabei sogar stellenweise – denn es wurden ja nur die Außen-, nicht jedoch die Innenkameras abgeklebt – und ließ umstehende Bekannte mittels eines Fingerzeigs wissen, dass er ihre Anwesenheit zur Kenntnis genommen hatte (wie Kümmering richtig bemerkte, tat er allerdings auch manchmal einfach nur so, als hätte er jemanden erkannt).

Durch sein exzentrisches Erscheinungsbild – sein ganzer Oberkörper glänzte und schimmerte prachtvoller als Qianlongs schönste Uhren – schien ihn der halbe Saal schon zu beobachten, die andere Hälfte bereits wiederzuerkennen. Einige Leute begrüßten ihn lebhaft, andere wiederum wollten ein Foto mit ihm machen; manche Damen suchten interessiert den Blickkontakt, manche

Herren eher provokant: Es schien, als würde sich der gesamte Club nur um diesen einen Mann drehen, seinen ursprünglichen Zweck nur darin finden, ihm als sein ganz persönliches Podium zu dienen – bis sich besagter Herr unter neugierigen Blicken recht abrupt mit seinem Freund in eine der Sitzecken verzog.

„Ah, endlich sitzen." stöhnte Flitz etwas erschöpft, sich dabei bis zum Hinterkopf an die gepolsterte Rückwand lehnend.

„Ja, irgendwann wirds bisschen anstrengend." pflichtete Kümmering, der sich ihm gegenüber niedergelassen hatte, sofort bei – woraufhin er, da Flitz sich einer Antwort vorenthielt, wenig später erneut das Wort erhob.

„Wo bleibt eigentlich Paul? Wie lang is der denn auf Klo?"

„Ja, der is...Der Mann is beschäftigt."

„Ha! Ja, so kann mans natürlich auch bezeichnen...Ich muss jetzt aber tatsächlich auch mal auf Toilette. Wartest du hier?"

„Jo, klar...Ja, bis gleich."

Wie von einem reißenden Strom ließ Kümmering sich durch den maßlosen Menschenandrang bis an die Herrentoilette spülen, wo er erst einmal einen Augenblick warten musste, ehe eines der nach Chemikalien stinkenden Urinale verfügbar wurde, wobei der von den Straßenschuhen hereingetragene Dreck recht unangenehm unter seinen Füßen knirschte, wie er letztlich darauf zuschwankte.

Ein ausdrucksstarkes Streitgespräch zwischen zwei Anwesenden ließ ihn schließlich von der Verrichtung seiner Tätigkeit aufsehen und sich halb zur Seite drehen, um nichts von dem Spektakel zu verpassen: Ein strammer Herr von mächtigen Ausmaßen hielt das Gesicht eines weniger gut ausgestatteten Burschen mit seinen massiven Händen umfangen, ihm hierbei mehrfach den Rat erteilend, seine Beredsamkeit besser woanders zur Anwendung zu bringen, ehe er seinem Gefangenen nach einer überaus unverständlichen Antwort eine ruckartige Kopfnuss versetzte und ihn aus seinem eisernen Griff entließ.

Nachdem sich der Unglückliche unter derben Zurufen seines Gegners – und dessen weniger imposanten Anhangs – schleunigst aus der Arena entfernt hatte, sah sich letzterer mit einem herausfordernden Blick nach weiteren Prätendenten um, die seinen Machtanspruch infrage stellen wollten. Rasch beendete Kümmering seine Angelegenheit, um sich ihm zu erkennen zu geben.

„Sebastian, hey! Seid ihr doch hier?"

Sandro Meyers Züge hatten wieder ihre gewohnte Wärme angenommen.

„Wie du siehst! Ja, ich konnt ihn tatsächlich doch noch überreden."

„Ah, schön, das freut mich."

„Ich hab gesehen, du hattest hier grad bisschen Stress, Sandro?"

„Naja, was heißt Stress. Manche Leute sind einfach unmöglich."

„Da sagst du was."

„Ja...Naja, is ja auch egal. Wie lange seid ihr schon hier?"

„Hm...Ich hätt gesagt, vielleicht ne halbe Stunde? Man kriegt das ja immer nich so mit irgendwann."

„Ah, ja, ja, ich weiß, was du meinst! Ha ha!"

„Und ihr so?"

Meyer zog seinen Hofstaat zu Rate.

„Wie lange sind wir schon hier?"

„Ja, ich denk mal, so...vielleicht anderthalb Stunden?"

Er wandte sich wieder an Kümmering.

„Ja, also wir sind schon ungefähr ne Stunde hier."

„Ah, ja, okay."

„Wart ihr schon im Keller?"

„Nee, tatsächlich noch nicht."

„Sieht richtig krass da aus, heute. Die haben wohl wirklich alles aufgemacht."

Der Student machte ein erstauntes Gesicht.

„Oha! Na, da bin ich ja gespannt."

„Ja, heute haben die hier richtig was auf die Beine gestellt...Oh, guck mal, is das nich Paul?"

Da Neumann in seiner Geistesabwesenheit fast an ihnen vorübergegangen wäre, musste Kümmering ihn lautstark zurückrufen.

„Ey, ey, Basti, Johannes, da seid ihr ja. Hab euch schon gesucht."

„Paul, das is nich Johannes, das is Sandro."

„Oh stimmt. Ha ha! Na, Sandro was geht."

„Bei mir alles gut. Bei dir?"

„Joa, kann nich klagen...Ha ha ha!"

Skeptisch musterte Kümmering Neumanns verdächtige Pupillen.

„Warst du bis eben auf Klo?"

„Nee, nee, ich komm nochmal wieder."

„Nee, ich meint, ob du bis eben auf Klo warst."

„Achso!...Ha ha!...Nee, bin schon das zweite Mal hier."

„Ah, ja."

Behäbig umfasste Neumann die beiden Herren an den Schultern.

„Jungs! Ich werd ann mal weida – Ick hab eud noch so einiget vor."

Meyer erkannte sein Mienenspiel.

„Oha, richtiger Macher hier, du! Wenn die Damen da mal nich schwach werden!"

„Ja, ja, ick weiß schon wie man dit macht." antwortete der tolle Held, bevor er sich ohne ein weiteres Wort auf den Weg machte, sich vor Verlassen des Raumes lediglich noch geräuschvoll am Mülleimer stoßend.

„Ja, was soll ich sagen, Sandro. Der Neumann halt."

„Der Neumann mal wieder, ha ha! Aber ist doch ganz witzig."

„Ja...Mal schon."

Meyer klatschte wieder einmal geräuschvoll in die Hände, sodass seine Gefährten hastig sämtliche Gespräche einstellten.

„Naa guut, Sebastian, wir werden dann mal auch so langsam weiter."

„Jo, macht das."

„Vielleicht sieht man sich ja nachher nochmal irgendwo."

„Ja, bestimmt!...Jo, bis später."

Anstandshalber wusch Kümmering sich solange die Hände, bis das gesamte Hofzeremoniell weitergezogen war, und kehrte anschließend wieder zum Ort des Geschehens zurück, wo sein Freund immerhin schon ungeduldig auf ihn warten würde – jedoch nicht ganz so ungeduldig, wie er erwartet hatte, denn Flitz schien sich sehr angeregt mit zwei jungen Damen zu unterhalten, wovon eine mittlerweile des Studenten Sitzplatz eingenommen hatte. Dem Anschein nach handelte es sich bei ihnen um genau jene, welche der junge Mann am Nebentisch erblickt hatte, wie er sich auf den Weg zur Herrentoilette begeben hatte.

Nachdem der prunkvolle Mann die weibliche Aufmerksamkeit auf die Rückkehr seines Freundes gelenkt

68

hatte, stellte sich Kümmering ihnen mit einer eher zurückhaltenden Attitüde vor (nichtsdestotrotz darauf bedacht, einen charmanten Eindruck zu hinterlassen), bevor er sich einen der kleinen Sessel mit an den niedrigen Tisch heranschob.

Der Student erkannte recht schnell, welche der beiden Damen seinem Begleiter mehr zusagte – er selbst hätte sich ebenfalls so entschieden, wäre da nicht jemand, der seine Gedankenwelt allgegenwärtig beherrschte – weshalb er sich in der Beantwortung ihrer Fragen ein wenig verhalten gab, und sich in der nachfolgenden Konversation gezwungenermaßen auf ihre etwas schüchternere Freundin konzentrierte.

Irgendwann wurde die geistreiche Idee aufgeworfen, der Tanzfläche einmal einen Besuch abzustatten – was sich als ein unter den Anwesenden sehr populärer Vorschlag herausstellte, da man sich schon kurz nach dessen Erörterung in jenem schweißtriefenden Fegefeuer wiederfand. Während Flitz unweit entfernt seine ersten körperlichen Annäherungsversuche startete – welche indessen nicht unerwidert blieben – wahrten Kümmering und jene Verschmähte eine gewisse Distanz zueinander, dabei tunlichst jeglichen Blickkontakt vermeidend. Nach einer Weile wurde ihm die aussichtslose Farce, in die er sich unbedacht hineinmanövriert hatte, zunehmend bewusst – weshalb er, seinen Kumpanen nun in guten Händen wissend, diesen mit knappen Worten von seiner Absicht unterrichtete, sich anderweitig umschauen zu wollen. Flitz billigte dies vorbehaltlos, und sah seinen Freund nur wenige Sekunden später in dem dichten, farbenprächtigen Gedränge spurlos verschwinden.

Um vorrangig eine geeignete Position zu ergattern, von der aus er einen Großteil des Publikums gleichzeitig überblicken konnte – oder besser gesagt, um effizienter nach Riefenstahl Ausschau halten zu können – kämpfte sich der Student bis ins Zentrum jenes menschlichen Dschungels vor, alsbald damit beginnend, seine unruhigen Blicke wahllos durch die Menge schweifen zu lassen, sich hierbei für eine optimalere Sicht sogar gelegentlich auf die Zehenspitzen stellend.

Die durch mangelnde Konzentration entstandene Nachlässigkeit seiner Tanzbewegungen führte unglücklicherweise dazu, dass er jenes vor ihm befindliche Mädchen, welches ihm bislang den Rücken zugewandt hatte, versehentlich am Unterarm berührte, woraufhin sie sich flüchtig umblickte und einem nahe befindlichen Herrn just etwas ins Ohr zu flüstern hatte. Kümmering, der dies mit nicht geringem Unbehagen verfolgt hatte, nutzte die Chance, sich vor dem Eintreten möglicher Konsequenzen davonzustehlen, indem er die Tanzfläche in entgegengesetzter Richtung verließ, und sich an die große Getränkebar begab.

Ein nunmehr volles Glas in der Hand, drehte er sich, lässig an den Tresen gelehnt, wieder den passierenden Leuten zu, stetig nach jenem wunderschönen – und doch so unheilbringendem – Augenpaar Ausschau haltend. Der Anblick eines jungen Mannes, der recht zielstrebig an ihm vorüber schritt, währenddessen er in ein vor sich aufgeklapptes, äußerst unzeitgemäßes Telefon starrte, hielt des Studenten Blick wie an sich gefesselt – als dieser sich auf einmal von einer weiblichen Stimme angesprochen hörte.

Wie sich nach einem trägen Wenden des Kopfes herausstellte, handelte es sich bei der Sprecherin um Clara Behrends, einer Bekannten aus seinem Studium – die sich soeben etwas bestellen wollte, ehe sie ihren Kommilitonen bemerkt hatte. Auf ihrem Gesicht trug sie infolge ihrer nahezu waagerechten Augenbrauen wie gewohnt jenen sonderbaren Ausdruck zur Schau, der zwar in gewisser Hinsicht zu der Annahme eines sanften Gemütes verleiten mochte, doch gleichzeitig einen damit im Konflikt stehenden Anflug undurchschaubarer Reserviertheit offenbarte, der sich fast als eine universelle Gleichgültigkeit – gegenüber der Welt, dem Schicksal, einem Liebesgeständnis – beschreiben ließe.

„Oh, Fräulein Barents! Schön, Sie zu sehen.“

„Die Freude ist ganz meinerseits, Herr Kümmerlich.“

„Oha! Kein Grund, gleich ausfallend zu werden.“

„Ha ha! Ja, pass bloß auf.“

„Nun, nun, ich werds versuchen."

„Und? Ganz alleine hier?"

„Nee, mit paar andern."

„Ach, und ich dacht immer, du hast gar keine Freunde."

„Weißt du was? Hab ich auch gar nicht. Das hab ich mir grad einfach nur ausgedacht, weil mich Clara Behrends immer so nervös macht."

Anerkennend hob Behrends eine ihrer gelangweilten Brauen.

„Witzig."

„Nee, hier, mit Johannes, den kennst du vielleicht."

„Nö."

„Oh. Aber hier, Alina, die kennst du bestimmt."

„Ja, die kennt man. Und mit der hängst du rum?"

„Klar, warum nich?"

Ein geringschätziges Lächeln umspielte ihre schmalen Lippen.

„Ah."

„Ach, soll ich dich erst fragen, mit wem ich rumhängen darf?"

„Ja, klar."

„Achso, okay, ja, mach ich dann das nächste Mal...Mit wem bist du eigentlich hier?"

„Paar Freundinnen."

Nachdem sie ihr bestelltes Mischgetränk erhalten hatte, deutete sie durch ihre Körperhaltung an, den Bartresen verlassen zu wollen.

„Willst du mit? Oder wartest du noch auf Alina?"

„Nee, nee, ha ha! Ich kann gerne mitkommen."

Galant führte sie ihn zu jener Sitzecke des Hotelrestaurants, wo sich ihre drei Begleiterinnen derzeit aufhielten, welche sie nun bei der Examinierung ihrer eingehenden Telefonnachrichten damit unterbrach, ihnen den Neuzugang kurz vorzustellen. Man musterte ihn flüchtig, widmete sich jedoch schon unmittelbar danach wieder jener mühsamen Arbeit, was nicht zuletzt darauf schließen ließ, dass Kümmerings unspektakuläres Erscheinungsbild dort niemandes näheres Interesse geweckt hatte. Aufgrund der Platzverhältnisse musste er sich neben einer der ihm unbekannten setzen, sodass er sich Behrends folglich genau gegenüber befand.

„Die Musik hier is auch so übel." sprach diese, wie sie sich für einen Moment zur Tanzfläche umgedreht hatte.

„Ach, ich find die gar nich mal so schlecht." gestand eine ihrer Freundinnen.

„Nee, ich mag sowas nich. Was hörst du so, Sebastian?"

„Ach, eigentlich alles."

„Quatsch. Alles kann man gar nicht hören."

„Tja, das stimmt auch wieder...Zweitausender find ich gut."

Behrends nickte zustimmend.

„Ja, das schon eher. Warst du schon mal auf nem Festival?"

„Nee, noch nich."

„Oh. Zu beschäftigt mit drinne hocken?"

„Ha! Du musst wissen, ich bin ein viel beschäftigter Mann."

„Pff. Das glaub ich gern."

Eine ihrer Freundinnen, welche bislang hochkonzentriert mit ihrem Handy beschäftigt gewesen war, ergriff mit einem Male das Wort.

„Oh mein Gott, Leute, hört euch mal an, was Philipp mir allen Ernstes geschrieben hat. Passt auf: „Tamara, du weißt, wie sehr ich dich liebe. Du bist die einzige, die ich je wirklich geliebt habe! Deshalb fällt es mir so schwer, mich dir in dieser Angelegenheit verständlich zu machen. Bitte hab kein falsches Bild von mir! Du bist so ein toller Mensch, das weißt du! Aber an dem Punkt, an dem ich mich derzeit in meiner persönlichen Entwicklung befinde, wäre es unverantwortlich von mir, dir falsche Vorstellungen zu machen." Was labert er? „Ich liebe die Zeit, die wir miteinander verbringen. Schöne Momente mit uns beiden, ohne jegliche Verpflichtungen gegenüber dem jeweils anderen. Warum belassen wir es nicht so? Davon träumen manche ihr Leben lang! Warum denn diesen vorteilhaften Zustand durch eine ernste Beziehung zerstören? Wir sind jung! Die Welt ist groß!

Indem du dich an mich kettest, kämst du vielleicht nie dazu, deiner einzig wahren Liebe zu begegnen! Deshalb verstehe mich bitte nicht falsch, wenn ich sage, dass es für uns beide vielleicht das Beste wäre, es einfach bei einem freundschaftlichen Miteinander zu belassen." Hat man so was schon mal gehört?"

„Freundschaftlich! Wie geil!" wiederholte Behrends höchst amüsiert.

„Ohne Witz, Männer regen mich so auf, manchmal. Ich mein, hä? Wenn du nur bisschen ficken willst, dann besorg dir ne Nutte, anstatt meine Zeit zu verschwenden. Meine Güte."

Kümmering verspürte eine Art Pflicht, sich zu jenen Phrasen äußern zu müssen.

„Tja, manche Typen sind da echt...bisschen komisch. Ich mein, wozu etwas anfangen, wovon man selber weiß, dass es nur von kurzer Dauer ist? Ich seh da auch nich so richtig den Sinn hinter...Ich mein, am Ende verschwendet man ja nicht nur die Zeit des anderen, sondern auch die eigene."

„Na bitte."

Behrends lächelte ihn zynisch an.

„Mensch, Sebastian! Das hatte ja mal wirklich Sinn und Verstand, was du gesagt hast!"

„Ha! Du sei bloß still."

„Wollen wir tanzen gehen? Ich muss jetzt mal bisschen auf andere Gedanken kommen, bei so viel Scheiße auf einmal."

„Ja, können wir machen, Tamara...Kommt ihr mit?...Du auch, Sebastian?"

„Aber selbstverständlich."

Sich diesmal immerhin in Begleitung vier bezaubernder junger Damen erneut jenem donnernden Lichtgewitter aussetzend, sah Kümmering nun eine passende Gelegenheit dafür gekommen, seine unterbrochene Mission wieder aufzunehmen – weshalb er keinen Hehl daraus machte, nach jemandem Ausschau zu halten. Wie ein beutesuchender Falke wandte er seinen Kopf hin und her, wobei ihm nach mehrmaligem, anstandsgemäßem Augenkontakt zunehmend bewusster wurde, dass Behrends gewisse Intentionen bei ihm zu haben schien, da sie ihn nicht zuletzt fortwährend anzustarren pflegte.

Dies zu ignorieren wurde ihm umso unangenehmer, da sie sich irgendwann direkt vor ihm befand, und er einige erwartungsvolle Blicke ihrer Freundinnen auf sich gerichtet spürte – um indes niemanden zu kompromittieren, beschloss er letztlich, Behrends stattdessen ab und an nett anzulächeln, sich verbal nicht dazu zu äußern, und keinen Unterschied in seiner Körpersprache bemerkbar werden zu lassen.

Noch ehe er einen angemessenen Plan ersonnen hatte, glimpflich und ehrenvoll aus jener prekären Situation zu entkommen, erspähte er plötzlich in nicht allzu weiter Entfernung jene unverwechselbaren Gesichtszüge wie ein spöttisches Irrlicht im nebligen Scheinwerferlicht aufflammen – woraufhin er Behrends sogleich mit einer leichtfertigen Erklärung verließ, um sich eiligst zu der Stelle aufzumachen, wo er jene Epiphanie gesehen, bevor er sie im Gedränge wieder verlieren sollte.

Wie Riefenstahl den näher tretenden Herrn erkannte, empfing sie ihn mit einer recht wohlwollenden Mimik und integrierte ihn reibungslos in ihren Kreis, bestehend aus zwei weiblichen, mutmaßlichen Bekannten. Für die ewig scheinenden Minuten, die man dort verweilte, trafen sich ihre und Kümmerings Blicke so einige Male – doch ward es ihm unmöglich, der niederdrückenden Präsenz ihrer Klimt'schen Augen auch nur länger als für einen kurzen Moment standzuhalten. Anfangs redete er sich ein, sich ihr gegenüber nicht anmaßend benehmen zu wollen, doch als sich dieser Gedankengang mehr und mehr zu einem Eingeständnis seiner eigenen Unfähigkeit entwickelte, rief es nur noch ein Gefühl der Machtlosigkeit hervor, mitansehen zu müssen, wie ein anderer Herr unverhohlen sein Glück bei ihr versuchte.

Er war von einer überaus hohen Statur – in dieser Hinsicht dem einsamen Fernsehturm einer endlosen Großstadt gleichend – und musste sich für die zahlreichen Dinge, die sie miteinander zu besprechen hatten, stets auf eine sonderbare Weise zu ihr hinunterbeugen.

Der Anblick jener Hemmungslosigkeit, mit welcher sie bereit war, jenem fremden Herrn (zumindest ging Kümmering davon aus, dass er ihr fremd war) körperliche Nähe zu gewähren, bereitete ihm eine unbeschreiblichen Pein; ihre Gesichter schienen einen Ausdruck primitivster Wollust nur spärlich zu verbergen.

Als Riefenstahl und ihr neuer Günstling in Begleitung ihrer zwei Freundinnen irgendwann die Tanzfläche verlassen wollten, nahm Kümmering letzteren Umstand zum Vorwand, sich der Prozession ebenfalls anzuschließen. Da man der schwülen Luft offenbar überdrüssig geworden war, begab man sich in den zum Hotel gehörigen Außenbereich – wo angenehme Meeresluft und starker Tabakrauch sich einen ewigen Kampf lieferten – um sich an einem der Stehtische ein wenig zu erholen.

Wie Kümmering richtig bemerkte, schienen Riefenstahls Freundinnen seine Anwesenheit unterschwellig zu missbilligen, jedoch konnte er sich unglücklicherweise nicht dazu durchringen, sich unter diesen Umständen wieder von der Gruppe zu trennen, weil es dann jedermanns Aufmerksamkeit erregt hätte. Erst, wie sich eine kleine Menschentraube grobschlächtiger Herren um Riefenstahl gebildet hatte, die ihr allesamt den Hof zu machen wünschten – einer von ihnen versuchte es gar mit einer höchst anzüglichen Komplimentierung ihres Dekolletés – nutzte der Student die Chance, sich ungesehen davonzumachen.

Bevor er damit anfinge, zeitaufwendig und womöglich erfolglos seine beiden anderen Kollegen zu suchen, so dachte er, könne er sich auch gleich einem Alleingang verschreiben – wobei er diesmal jedoch statt des ihm so vertraut gewordenen Erdgeschosses die noch unerkundeten Gefilde des weitläufigen Kellers für sein Vorhaben erwählte.

Nachdem er den von Menschenmassen fast überquellenden Treppenaufgang hinabgestiegen war, suchte er zunächst die der Tanzfläche am nächsten gelegene Bar auf, wo man ihn kurze Zeit später dabei hätte beobachten können, wie er mit dem Rücken zum Tresen und dem Mund am Strohhalm interessiert die umliegende Szenerie musterte. Wie ein höhlenartiges Netzwerk durchzogen säulengespickte, niedrige Hallen die unterirdischen Gemäuer des „Alten Speichers", für den unwissenden Besucher hinter jeder Biegung weitläufige Räumlichkeiten, anrüchige Boudoirs oder unerwartete Sackgassen bergend.

Irritiert betrachtete Kümmering einen älteren Herrn, wie dieser ihm im Vorbeigehen über die noch jugendliche Brust strich, von einer zurechtweisenden Handlung jedoch absehend. Neben sich bemerkte er eine junge Dame, die das Geschehen seiner Meinung nach mitverfolgt hatte, und lehnte sich leicht zur ihr herüber.

„Gott weiß, was der wollte."

„Der Typ, oder was?"

„Ja."

„Kanntest du den?"

„Nicht, dass ich wüsste."

„Ah. Ja, keine Ahnung, was der wollte."

„Bestimmt nix Gutes."

„Nee, das bestimmt nicht."

„Ich bin übrigens Sebastian." sprach der Student nach einer kurzen Pause.

„Mh. Ich Lima."

„Lima? Wie die Stadt?"

„Welche Stadt?"

„Na, die in Afrika oder so."

„Kenn ich nich."

„Hm...Vielleicht verwechsel ich auch irgendwas."

„Ja, das wohl eher."

„Und, Lima...was machst du hier so?"

Das Mädchen deutete auf ihr Getränk.

„Ah, ja, ich seh schon...Ja, ich musste mir auch grad bisschen Nachschub bestellen."

„Ja, nachfüllen is immer gut."

„Das stimmt wohl...Was machst du so? Studierst du?"

„Ja, Medizintechnik."

„Oha! Das is bestimmt interessant."

„Ja, das is es."

Man unterhielt sich noch für eine Weile über derartige Alltäglichkeiten, bis Kümmering schließlich zum alles entscheidenden Schlag ausholte:

„Sag mal, Lima, hast du vielleicht Lust, wollen wir tanzen gehen?"

„Oh, nee, ich hab nen Freund, tut mir leid."

„Oh...Ja, und nu?"

Sie schlug vor, sich gegenseitig ihre Accountdaten der zu jenem Zeitpunkt gängigsten Social-Media-Plattform mitzuteilen, sodass man sich dort folgen könnte – ein Vorhaben, dem Kümmering widerspruchslos Folge leistete, zum Schluss noch ein paar nette Abschiedsworte fand, und beide letztlich wieder getrennte Wege gingen.

Dank seines überaus hohen Alkoholpegels kam er nun auf die Idee, sich einfach alleine mit unter die Tanzenden zu mengen, wobei er so tat, als würde er zu einer Gruppe junger Herren gehören, zu welcher er sich lose dazustellte. Als diese wenig später aus irgendeinem Grunde nach und nach die Tanzfläche wieder verließ, blieb Kümmering jedoch zurück – jetzt in einem selbstsicheren Zustand, da er sich in Gesellschaft gesehen wusste.

Bei seiner umfassenden Analyse potenzieller Kandidatinnen bemerkte er, wie eine gutaussehende Dame eines nahe stehenden Verbandes seinen Blick stets zu erwidern schien, weshalb er dazu überging, ihr darüber hinaus jedes Mal zusätzlich ein neckisches Lächeln zu schenken – bis er sich letzten Endes Stück für Stück zu ihr vorgepirscht hatte, so wie er sich seines Erfolges sicher war. Ihre gegenseitigen Koketterien wurden indessen oftmals durch ein aufdringliches Männchen unterbrochen, welches sich mehrmals in der Minute zu ihrem Ohr herüberbeugen musste, um ihr etwas mitzuteilen – wobei Kümmering ihr dabei meistens einen genervten Gesichtsausdruck ansehen konnte, auf den oft ein flüchtiger Blickkontakt zu ihm erfolgte. Da er also davon ausgehen konnte, dass es sich bei jenem hinderlichen Störer nicht um ihren Partner handelte, verdoppelte er die Intensität seiner Avancen – was nunmehr darin resultierte, dass der fragliche Herr nicht mehr ihr, sondern ihm etwas mitzuteilen hatte.

„Ey, lass sie mal in Ruhe, sie hat n Freund.“

„Was?“

„Lass sie in Ruhe, sie hat n Freund.“

Kümmering sah sich entgeistert um.

„Wer denn?“

„Sie, Junge.“

Der Student hielt einen Moment inne, als müsste er überlegen.

„Was?“

„Junge, verpiss dich einfach.“

Grob schubste er Kümmering zur Seite, welcher daraufhin abwehrend beide Hände erhob und sich sogleich in einen anderen Winkel der Tanzfläche verzog, wo er schon nach einiger Zeit erneut jemanden fand, der seine stillen Balzrufe erwiderte.

Nachdem er wie zuvor sichergestellt hatte, dass man seinem Vorhaben nicht feindselig gegenüberstehen würde, verringerte er fortlaufend den Abstand zu jenem dunkelhaarigen Mädchen, bis er schließlich genau vor ihr stand, beider Blicke unzertrennbar ineinander verhakt. Ohne auch nur den rudimentärsten Bruchteil eines normalen Gespräches miteinander geführt zu haben, fing sie von selbst an, die Initiative zu ergreifen, indem sie ihm zuerst den Rücken zuwandte, sich dann verspielt an ihn zu schmiegen begann, und schlussletztlich seine Hände um ihren leicht entblößten Bauch und an ihre knochigen Hüften legte.

Für eine ganze Weile verblieb man in dieser Position (oder Variationen dessen), bis der Student nicht zuletzt erkannte, ein paar Worte wechseln zu müssen, bevor man auf Weiteres hoffen konnte – zu welchem Zwecke er sich dicht an ihr kindliches Ohr herunterbeugte.

„Wie heißt du eigentlich?"

„Hannah."

„Ah."

„Und du?"

„Sebastian."

„Wie?"

„Sebastian!"

„Ahh!"

„Kann ich dich küssen, Hannah?"

Verschmitzt blickte sie ihn von unten über die Schulter an.

„Komm mit."

An ihrer zarten Hand führte sie ihn durch jenes unerträgliche Treppenhaus wieder zurück an die Oberfläche, zielstrebig auf einen dickeren Herrn zusteuernd, der gerade dabei war, sich an einem Bartresen ein paar Nüsse zu genehmigen. Wie sie näher traten, wandte er sich ihnen zu und begrüßte sie freundlich lächelnd.

„Das ist Sebastian." begann Hannah.

„Oh, freut mich, Sebastian! Ich bin Jakob. Der Freund von Hannah."

Er reichte Kümmering die Hand.

„Oh...Freut mich, Jakob."

„Das wirkt für dich bestimmt ein wenig verwirrend alles, deshalb erklär ich dir die Situation mal kurz: Du musst wissen, man könnte mich vielleicht nicht als einen großen Freund des Tanzens bezeichnen. Ha ha! Nun, und unsere Hannah hier, die ist aber ne richtige kleine Tanzmaus, und möcht immer auf jede Party und alles Mögliche gehen. Ich komm dann natürlich immer mit, aber das Tanzen überlass ich dann meistens jemand anderem. Ha ha!"

Für einen kurzen Moment wusste der Student nicht so recht, wie er darauf reagieren sollte.

„Ah...Ja, ja, doch, würd ich auch so machen."

„Machst du noch ein Bild von uns, Jakob?"

„Kann ich machen, Schatz...So, dann stellt euch mal hier hin, ins Licht...Dann einmal bitte Lächeln!...Guck, da is es schon.“

„Perfekt, danke, Schatz.“

Hannah spitzte die Lippen zu einem flüchtigen Abschiedskuss und zog ihren Tanzpartner – welcher sich hierbei fasziniert nach einem gewissen Herrn mit einem altmodischen Telefon umwandte – sogleich wieder in jene dröhnende Hölle hinab, wo man sich wenig später am gewohnten Platze eingefunden hatte.

Wie sie erneut versuchte, seine Hände um ihre schmale Taille zu führen, bemerkte sie hierbei eine gewisse Unlust bei ihrem Begleiter, welcher sie sodann damit Abhilfe zu leisten versuchte, ihm zu guter Letzt doch den ersehnten Kuss zu gewähren – sah sich jedoch schon kurz darauf von ihrem widerspenstigen Liebhaber verlassen, der sich infolgedessen aus ihren Fängen befreit und sich mit einer gezwungenen Entschuldigung von ihr entfernt hatte.

Unschlüssig über sein weiteres Vorgehen und einer dringenden Ablenkung bedürfend, schlenderte Kümmering ziellos durch jenes katakombenartige Labyrinth – worin er jedoch ab und an innehielt, um sich bloßgelegtes Mauerwerk, einen antik wirkenden Kronleuchter, oder auch nur eine alte Vignettefotografie anzuschauen. Eine gläserne Infotafel mit interessant wirkenden Bildern weckte eine gewisse Neugier in ihm, was ihn letztlich dazu veranlasste, sich sogar einen Großteil des dazugehörigen Textes durchzulesen:

„-stammen aus dem 14. Jahrhundert, während der heute sichtbare Bau größtenteils auf einen schwedischen Grundriss (Bild 1.4) aus der ersten Hälfte des 18. Jahrhunderts zurückgeht. Nachdem Schwedens letzte Besitzungen in Pommern 1815 endgültig an Preußen fielen (Bild 1.5), wurde der Speicher weitestgehend für militärische Zwecke benutzt, bis er Ende des 19. Jahrhunderts dem Verfall Preis gegeben wurde. Erwägungen bezüglich der Standsicherheit veranlassten den zuständigen Stadtrat dazu, den Hamburger Architekten Otto Böttcher (1859 – 1934, Bild 1.6) mit einer grundlegenden Restauration des Gebäudes zu beauftragen. Die Arbeiten dauerten vom Sommer 1911 bis Herbst 1912, und sahen mehrere Verstärkungsmaßnahmen vor, die eine langfristige und gefahrlose Nutzung des Speichers gewährleisten sollten. Während des Zweiten Weltkriegs diente er kurzzeitig als Munitionslager, bis er unter dem SED-Regime wieder zu logistischen Zwecken genutzt wurde. Nach der Wiedervereinigung wurde er unter Denkmalschutz gestellt und zum Verkauf freigegeben. Unter dem Namen „Am Alten Speicher" diente er von 1992 bis zur Insolvenz im Jahre 2003 als Restaurant, bis er am 01.08.2003 an den Kölner Unternehmer Wolfgang Fischer (geb. 1959, Bild 1.7) verkauft wurde. Für die Um-

funktionierung zum Hotel ließ man einige der von Böttcher vorgesehenen (und oftmals willkürlich angebrach-
ten) Verstärkungen wieder entfernen, um größere
Räumlichkeiten zu ermöglichen und eine effizientere
Lastabtragung zu realisieren. Die Neueröffnung unter
dem Namen „Zum Alten Speicher" fand am 03.01.2005
statt. Die sich auf rund 3000 m² erstreckende-"

Das als Bildnis Otto Böttchers deklarierte, sepiafarbe-
ne Porträtfoto zeigte einen älteren Herrn mit Kneifer
und stattlichem Schnurrbart auf einem breiten Stuhl sit-
zend, die knotigen Hände mürrisch um den glänzenden
Knauf eine dünnen Spazierstockes gefaltet, wohingegen
die darunter befindliche, detailgetreue Nahaufnahme
des haarlosen Wolfgang Fischers jede Falte seines fetten
Halses stolz und majestätisch zu präsentieren schien.

Mit einem völlig neuen Bewusstsein über die Geschichte der ihn umgebenden Gemäuer blickte Kümmering ehrfürchtig zu der massiven Decke empor, als wollte er hierdurch Schweden, Preußen, Böttcher und Fischer
gleichfalls seinen Respekt zollen – konnte dort aber
hauptsächlich nur einige auffällige Risse erkennen. Sich
nichts außergewöhnliches dabei denkend, setzte er seinen etwas stakenden Gang unbehelligt fort, weltentrückt
in tröstenden Gedanken schwelgend – wobei ein spezifi-
scher (die Möglichkeit, dass Riefenstahl sich seines Ne-
benbuhlers mittlerweile schon entledigt haben könnte)

mit der Zeit an Stärke und Plausibilität gewann, was für ihn letztlich zum Anlass wurde, sich wieder auf die Suche nach ihr zu begeben.

Nach einer erfolglosen Inspektionsrunde des Erdgeschosses trat er hinaus in den hotelzugehörigen Außenbereich – den Ort, wo er sie zuletzt gesehen – und stellte sich an einen der freien Stehtische, von wo aus er in aller Ruhe nach ihr Ausschau halten konnte, während er sich mechanisch eine Zigarette ansteckte.

Recht gleichgültig nahm er zur Kenntnis, wie sich drei wuchtige Herren an seinen Tisch gesellten, da es ihn bei seiner Tätigkeit nicht sonderlich beeinträchtigte – wie er jedoch die ihren Gesichtszügen innewohnende Rauheit bemerkte, als er sich plötzlich angesprochen hörte, fühlte er ein leichtes Unwohlsein in sich erwachsen.

„Ey, wie heißt du.“

„Ich?“

„Siehst du hier noch jemanden?“

„Hm. Sebastian heiß ich.“

„Gib mal paar Kippen, Sebastian.“

Kümmering kam zu dem Schluss, dass es klüger wäre, dieser Aufforderung Folge zu leisten.

„Kann ich machen...Jeder eine?“

„Gib mir mal zwei.“

„Ah, ja...So, hier.“

„Besten Dank.“

„Dafür nich.“

„Was machst du hier ganz allein, Sebastian? Wo ist deine Alte?"

„Oh, ich hab tatsächlich keine."

„Na sowas! Musst mal bisschen mehr rangehen!"

„Tja, wenn das so einfach wäre."

„Na, klar: Einfach machen. Du bist doch nich schwul, oder?"

„Nee."

„Na, siehst! Brauchst bloß hingehen und sagen: „Ey, du kleine Maus, ich find dich voll hübsch und so", dann passt das schon."

„Das werd ich dann wohl beim nächsten Mal so machen."

„Was, nächstes Mal? Jetzt gleich, Junge!"

„Oh, ich glaub dafür bin ich grad etwas zu nüchtern."

Sein Gesprächspartner befahl einem der anderen beiden Herren, vier Exemplare einer lokal gebrauten Biermarke von der nächstgelegenen Hotelbar zu holen.

Wie man nun anstoßen wollte, klopften sie vorher – ob es ihr Brauch war, oder man es sich lediglich zum Spaß erlaubte, blieb dem Betrachter verborgen – mit den flachen Böden ihrer Getränke der Reihe nach auf Kümmerings Flaschenöffnung, sodass diese ganz spitz und scharfkantig wurde. Mittels eines festen, aber als freundschaftlich dargestellten Schultergriffes stellte man sicher, dass der Student sich seiner Obliegenheit, von dem aufbereiteten Gefäß zu trinken, nicht voreilig entzog.

„Öy, Sebastian!" rief man begeistert, als dieser seinen sehnsüchtig erwarteten Zug tätigte.

Mit leicht verzogenem Mund entfernte Kümmering das splittrige Glas von seinen Lippen, indessen von jeder Äußerung von Schmerz oder Unbehagen Abstand nehmend.

„Na, aber! So muss das aussehen!"

„Mhm."

Trotzig nahm Kümmering noch einen Schluck.

„Oha! Guckt euch das an! Sauber, Sebastian!"

Dieser gab allerdings nur ein leichtes Stöhnen von sich.

„So, alle Mann! Was haltet ihr denn davon, wenn wir jetzt alle wieder reingehen, und Sebastian erstmal ne geile Uschi besorgen? Klingt das nach nem Plan?...Ja, das wollt ich doch hören! Was sagst du, Sebastian? Wollen wir reingehen und dir n Mädel besorgen?"

Kümmering warf einen letzten, ruckartig umherschweifenden Blick, sich der Abwesenheit Riefenstahls weitestgehend versichernd.

„Können wir machen." bestätigte er kurzerhand.

„Sauber!"

Festen Schrittes eskortierte man ihn durch die gedimmt beleuchteten Gänge, wo sie jedoch kurzfristig Halt machten, um den jungen Mann einer ihnen bekannten Dame vorzustellen, welche des Studenten Einschätzung nach das dreißigste Lebensjahr schon vor längerer

Zeit überschritten haben musste – weshalb er daraufhin noch einmal die Gesichter seiner Kidnapper musterte, an deren Fältchen er nun erkannte, dass diese sich ebenfalls in jenem Alter befinden müssten.

Während man ihn wie eine alberne Zirkusattraktion präsentierte – offenbar darauf bedacht, sich einen makaberen Scherz mit ihm zu erlauben – sah sich Kümmering in der Art eines Unbeteiligten pausenlos nach einer möglichen Person um, welche ihn aus dieser Situation befreien könnte.

Wie sich schließlich einer seiner Peiniger nach dem Pärchen hinwandte, welches der Gefangene an diesem Punkte schon seit längerem regungslos betrachtete, konnte er einen überaus großen Herrn erkennen, der mit einer äußerst aufreizenden Dame von schulterlangem Haar in einen innigen Kuss versunken ward. Ein Anflug von Verbitterung hatte sich auf Kümmerings Lippen verfestigt, wie er sich dem peinlichen Schauspiel wieder zuwandte.

„Und, Cindy, jetzt sach aber mal an: Wär Sebastian dein Typ?"

Skeptisch musterte sie das Objekt der allgemeinen Aufmerksamkeit.

„Nee, du...Ders nich so meins."

Man gab sich erschrocken.

„Was? Wieso denn das nicht?"

„Ja, guck doch mal an, hier: Keine Muckis, keine Tattoos, kein Bart, kein Nix! Was soll ichn damit anfangen? Der sieht aus als wär er grad von seine Mutter gerissen worden!...Außerdem guckt der so böse."

„Was, ehrlich? Zeich mal...Öy, Sebastian! Was is dir denn?"

„Mir is nix."

„Ich glaub, das is wegen der da vorne." sprach derjenige, der ihn zuvor beobachtet hatte.

„Die knutscht da schon die ganze Zeit mit irgendwem."

„Och, Sebastian, war das etwa deine große Liebe?"

„Nicht, dass ich wüsste."

„Ach, mach dir nix draus! Mal kommen die Weiber, und mal gehn se halt. So ist das im Leben!...So! Aber wir suchen dir jetzt erstmal schön eine aufer Tanzfläche! Der Onkel Ronny wird dir da schon wat Feines finden!"

Im Nu hatte man sich von Cindy wieder getrennt und sich mit Kümmering im Schlepptau in die nebligen Tiefen des höhlenartigen Untergeschosses begeben, wo letzterer seinen liebenswerten Entführern schon nach wenigen Minuten entkam, indem er das unübersichtliche Menschengetümmel dazu nutzte, sich Stück für Stück von der Tanzfläche zu stehlen – um sogleich an die Oberfläche zurückzukehren, wo er überraschenderweise auf Clara Behrends und ihre Freundinnen stieß, die sich offenbar gerade darauf vorbereiteten, den Club zu verlassen.

„Oh, hey, wollt ihr schon los?"

„Ja, so langsam. Warum warstn du vorhin auf einmal weg? Ich dachte erst, du wolltest nur auf Toilette."

„Achso, ja, tut mir leid...Ich hatte da noch paar Freunde getroffen, und irgendwie hab ich euch dann nich mehr gefunden."

„Ja gut, das kann natürlich immer passieren. Sag mal, was hastn du da am Mund gemacht? Du blutest ja."

„Oh, wirklich?"

Kümmering fasste sich an die Oberlippe und fand diese unerklärlicherweise in einem klebrigen Zustand vor.

„Hm, Tatsache...Ja, keine Ahnung. Vielleicht bin ich irgendwo gegengelaufen."

„Irgendwo gegengelaufen? Du bist ja auch witzig. Wie kann man denn sowas nich mitkriegen?"

„Du, keine Ahnung."

„Ja, was auch immer. Geh dir das mal lieber abwaschen."

„Jo, werd ich gleich machen."

„Na gut" sprach Behrends nach einer kurzen Pause, „wir werden dann mal auch so langsam los."

„Jo, dann macht euch noch n schönen Abend."

„N schönen Abend? Wir gehen jetzt ins Bett."

„Achso, stimmt ja, ha ha...Naja, man sieht sich bestimmt die Woche."

„Ja, bestimmt."

Kümmering konnte sich nach jenem Gespräch nicht des Gefühls erwehren, in Behrends gesamtem Auftreten eine alles durchdringende, jedoch kaum wahrnehmbare Veränderung bemerkt zu haben – ob es nun an der gezwungenen Art, auf die sie ihn stets nur flüchtig angeblickt hatte, ihrer abweisenden Körperhaltung oder ihrem kälter und distanzierter wirkendem Gesprächstone lag, konnte er nicht eindeutig bestimmen.

Erschöpft von seinem stundenlangen Triathlon – Laufen, Trinken, Tanzen – hatte sich der Student, nachdem er sich auf der Toilette im Gesicht gereinigt hatte, auf die Suche nach einer passenden Sitzgelegenheit gemacht, wie er eines unerwarteten Bildes ansichtig wurde: Am Rande jenes Ganges, welchen er gerade durchquerte, befanden sich Johannes Flitz und jenes Mädchen, mit welchem Kümmering ihn dereinst zurückgelassen hatte, vertieft in die innigsten Liebesbezeugungen, die sich ein jugendlicher Geist ersinnen konnte – als würde ihre ganze Welt nur aus den Küssen des jeweils anderen bestehen, hielten sie ihre Augen vor den vorbeiströmenden Fluten nie enden wollender Menschengeschlechter vehement verschlossen. Diskret verzichtete der Student darauf, sie in ihrem himmlischen Glück unnötigerweise zu stören, weshalb er sich wortlos an ihnen vorübertreiben ließ, entschlossen seinem eigenen Ziele zustrebend, endlich eine ruhige Minute zu finden.

Als er einen der weniger frequentierten Restaurantbereiche gefunden hatte, ließ er sich sogleich auf einer der abgelegeneren Bänke nieder – dabei ein lautstarkes Stöhnen der Erleichterung von sich gebend – und nahm alsbald seinen Kampf mit der ihn übermannenden Müdigkeit auf, welchen er allerdings schon nach wenigen Minuten kläglich verlor. Ein unsanfter Ruck an der Schulter ließ ihn erschrocken auffahren.

„Hey, hier wird nich geschlafen." knurrte der grimmige Sicherheitsmann.

„Ich hab nich geschlafen."

„Beim nächsten Mal werf ich dich raus."

Wie aus Protest erhob sich der Student, von neuer Energie erfüllt, sofort aus seiner Ruheposition, um sich an die nächstgelegene Getränkebar zu begeben – wo er sich gerade anschicken wollte, die überteuerte Cocktailkarte einer obligatorischen Inspektion zu unterziehen, als er den schon lange verschollen geglaubten Paul Neumann in einem unweit entfernten Sessel entdeckte. Rasch schien dieser beim Anblick seines herantretenden Freundes aus seiner geistigen Abwesenheit zu erwachen, die noch unfertige Zigarette dabei träge aus seinen zittrigen Händen legend.

„Paul! Na? Wo warst du denn die ganze Zeit?"

„Eyy, Basti...Du, keine Ahnung. Überall."

„Überall und nirgendwo, wie man so sagt?"

„Ha ha! Ja, das könnte man so sagen."

„Ah, sehr schön."

Da Neumann nichts darauf antwortete, erhob Kümmering erneut das Wort.

„Und, Paul? War was dabei?"

„Wobei?...Achsoo, ha ha! Nee, an Frauen war da nix."

„Oh."

„Ich hab auf das ganze Thema auch ehrlich gesagt gar kein Bock mehr."

„Huh, wieso das?"

„Ach, ich weiß auch nicht...Pisst mich alles irgendwie an, so."

„Hm...Is was Bestimmtes passiert?"

„Naja, was heißt passiert...Okay, hör zu:"

Neumann beugte sich ein wenig zu ihm herüber.

„Jetzt mal so ganz unter uns: Ich weiß nich, ob dus vielleicht bemerkt hast, aber ich hab schon son bisschen n Auge auf Alina geworfen...Ja, und jetzt leckt sie sich da mit irgendsom Typen ab, der so groß is wien halbes Hochhaus…Ich kann das alles nich mehr."

Der Student, den diese Aussagen für einen kurzen Moment aus der Fassung gebracht hatten, wandte sich mit einem unbehaglichen Gefühl von seinem neuen Konkurrenten ab und kratzte sich verlegen am Hinterkopf.

„Ach, hat sie nen Typen?...Naja, Paul, was soll ich dir dazu sagen. Am Ende kannst du da nix machen."

„Is richtig, is richtig…Ich will hier auch überhaupt nix in die Welt setzen…Ich glaub, ich bin einfach zu fertig von dem Abend.“

„Das mag natürlich auch sein.“

Behände versuchte Kümmering, der Konversation eine andere Richtung zu geben, was letztlich in einer Analyse der praktischsten Techniken zum Drehen von Zigaretten endete, welche man an Neumanns ärmlichem Exemplar jeweils veranschaulichte – jedoch galt des Studenten Interesse zunehmend einer jungen Dame am gegenüberliegenden Bartresen, die ihn des Öfteren zu beobachten schien.

Vordergründig erklärte er Neumann, sich dort nur schnell etwas bestellen zu gehen, doch nachdem er sich in der Nähe jenes Mädchens platziert hatte und beide dazu übergegangen waren, sich völlig ungeniert anzustarren, erhob sie sich auch schon von ihrem Hocker, um direkt auf ihn zuzugehen. Kümmering gab sich indessen nicht sonderlich überrascht.

„Oh, Hallo.“

„Hey. Wie heißt du?“

„Ich? Sebastian.“

„Ah. Ich bin Nora.“

„Nora! So, so.“

„Ja.“

„Und? Was machst du hier so, Nora?“

„Nur bisschen rumhängen.“

„Achso."

„Und du?"

„Ja, ich auch, würd ich sagen...Bist du ganz alleine hier?" fragte Kümmering etwas ungläubig.

„Nee, mit paar Freunden."

„Ah, ja. Und wo sind die alle?"

Verspielt zeigte sie in alle Himmelsrichtungen.

„Hier, dort, wo auch immer."

„Nur nicht hier, anscheinend."

„Ja, nur nicht hier."

„Hm...Was sagst du, Nora, wollen wir uns was zu trinken bestellen?"

„Können wir machen. Für mich aber nix Alkoholisches."

„Gut, alles klar."

Diesem recht gelungenen Einstieg schloss sich das übliche Prozedere schrittweisen Kennenlernens samt eingeflochtener Späße und Neckereien an, was sich von seinen bisherigen, gleichartigen Erfahrungen jedoch insofern dadurch unterschied, dass beide Parteien in diesem Fall ihr gegenseitiges Verlangen hemmungslos zur Schau stellten – man hielt ununterbrochen Blickkontakt, sprach mit gedämpfter, vertraulicher Stimme und hielt die Gesichter dabei so nahe aneinander, dass sie sich schon fast berührten. Als Neumann ihre vertraute Zweisamkeit notgedrungen unterbrechen musste, um sich von seinem wortgetreuen Freund zu verabschieden, gewahrte letzterer hierbei der im Allgemeinen wachsenden Anzahl heimkehrender Gäste – und war deshalb umso glücklicher über seine eigene Situation.

Einige Minuten später wurden sie erneut bei ihrem intimen Tête-à-Tête gestört, wobei es sich diesmal jedoch um einen Herrn aus Noras Bekanntenkreis handelte, der ihr die dringliche Nachricht überbrachte, dass „man" gerne los wollen würde, woraufhin sie ihm in ihrer leichtherzigen Art die baldige Beendigung ihrer Angelegenheit zusicherte, sodass sie ihn fürs Erste wieder los ward – bis er schließlich triumphal mit ihrer offenkundig schlecht gelaunten Freundin zurückkehrte. Unsanft zog sie Nora mit ein paar schroffen Worten sogleich mit sich in Richtung des Ausganges, wobei die arme Teufelin in ihrer Verzweiflung versuchte, ihren Leidensgenossen ebenso hinter sich herzuziehen.

„Du nicht." keifte ihre Freundin, wie sie dies bemerkte, und stieß Kümmering grob zurück.

Sehnsuchtsvoll streckte Nora ihre freie Hand wieder nach ihm aus, woraufhin der junge Mann sich größte Mühe geben musste, Schritt mit ihnen zu halten, während er ein fernes „Öy, Sebastian!" an sich vorüberziehen hörte. Als man es endlich an die frische Luft geschafft hatte und sich nun der ungeduldig wartenden Freundesgruppe zu erkennen gab, musste Noras Freundin mit großem Entsetzen feststellen, dass sie nicht nur ihre unmotivierte Fahrerin aus dem Club gezogen hatte, sondern auch ihren neuen Beau – weshalb sie die beiden just voneinander trennte, um die Übeltäterin einem ernsten Wörtchen unter vier Augen zuzuführen.

Niedergeschlagen kehrte Nora aus ihrer Unterredung zurück, um dem Studenten in schwermütigem Tone zu erklären, dass man ihn nicht mitnehmen könne, da sie schon zu fünft seien. Ehe er auf die Idee kam, ihr vorzuschlagen, ihn danach dort wieder abholen zu können, oder auch nur nach ihrer Nummer gefragt zu haben, saß sie auch schon auf dem Fahrersitz, weswegen er sich mit letzterer Bitte an ihre herrische Freundin wandte, die sich derweil drohend zwischen ihn und das Transportmittel gestellt hatte – jedoch erhielt er von ihr lediglich ihre (mutmaßlich) eigene Telefonnummer, über welche er dann laut ihren Aussagen später Noras erhalten könne.

Noch bevor sich ein weiterer Wortwechsel anbahnen konnte, war sie auch schon rasch auf der Beifahrerseite eingestiegen, um die Chauffeurin an die Notwendigkeit eines sofortigen Fahrtbeginns zu gemahnen – aus welchem Grunde dem geächteten Liebespaar nicht einmal mehr die Zeit verblieb, sich mit einem bedeutungsschweren Blick für immer zu verabschieden, bevor sich der Wagen im morgendlichen Nebel verlieren würde.

Mit einer Art von Panik schaute Kümmering dem aufhellenden Horizont entgegen, sich fest an die vage Hoffnung klammernd, dass noch immer nichts verloren sei – was ihn zu einer zeitnahen Wiederaufnahme seiner Aktivitäten veranlasste.

Langsam bewegte er sich der Menschentraube vor dem „Speicher" zu, sich hierbei an den Anblick jenes Hundes erinnernd, welchen er zu Beginn ihres Besuches vor dem Eingang bei einer Gruppe junger Leute gesehen hatte – instinktiv suchten seine Augen die fragliche Stelle, um sich des sicheren Verbleibes des Tieres zu vergewissern, fanden es erschreckenderweise allerdings immer noch dort, wobei diesmal jedoch von jedem vermeintlichen Besitzer jegliche Spur fehlte. Abwartend, ob sich letztendlich doch noch jemand als dieser offenbaren würde, sodass er selbst ruhigen Gewissens wieder seinen eigenen Angelegenheiten nachgehen könne, blickte Kümmering sich nach einer solchen Person um – da sich indes auch nach einem angemessenen Zeitraum niemand um des Tieres Wohlbefinden zu kümmern schien, wagte der Student erst einmal den Schritt, sich diesem zu nähern, um zu testen, ob ihn dann jemand zu sich rufen würde.

Nachdem auch dies ausblieb, nahm er den kleinen Hund mit seinem geübten Griff auf den Arm, um ihn an einem ungeplanten Entkommen zu hindern, und befragte daraufhin die Umstehenden hinsichtlich des möglichen Eigentümers – ohne Erfolg. Gerade als sein heroisches Unterfangen zunehmend aussichtsloser wurde, erkannte er zwischen all den Leuten plötzlich die unverkennbare Stattlichkeit eines Sandro Meyers – so wie er ihm sein Anliegen knapp eröffnet hatte, begab dieser sich auch schon gemeinsam mit Kümmering auf die Suche nach dem Hundebesitzer, seiner Dienerschaft zuvor die unmissverständliche Anweisung erteilend, an Ort und Stelle seiner baldigen Rückkehr zu erharren.

Als sie schließlich auf jemanden trafen, der glaubte, das Tier als das seines Kumpels zu erkennen, wies besagte Person ihnen an, ihr zu dem mutmaßlichen Eigentümer zu folgen, welcher sich etwas abseits des „Speichers" in einer Runde unschicklich aussehender Herren befand.

„Ey, Dieter! Is dat nich dein Hund hier?"

Ein schmieriges Fass mit aufgedunsenem Gesicht schien sich seines Schützlings wieder zu erinnern.

„Der Rocky! Wo has du denn gesteckt, sach mal!...Ja, komm mal her jetz hier...Soo is brav, so is brav...Na komm, jetzt gehts erstmal ab in die Falle...Schüß, Jungs! Macht euch noch n bunten!"

Den Hund in großem Abstand neben sich her laufend, hatte Dieter sich unbekümmert bereits auf den Heimweg gemacht, als sich mit einem Male ein junger Mann, der ihm auf einige Meter gefolgt war, erdreistete, ihn anzusprechen.

„Hallo, Entschuldigung, ich hatte da eben Ihren Hund gefunden-"

„Wat wisst du denn, hä? Gleich eine aufs Maul oder was?"

Abrupt verwarf Kümmering eine weitere Verfolgung und ließ seinen eloquenten Mitbürger seiner Wege ziehen, ehe er sich seinem bei der Gruppe verbliebenen Suchgehilfen mitteilte.

„Gott, manche Leute...Nich mal n „Danke" oder so übrig."

„Dein Ernst? So, jetzt warte mal."

Donnernden Schrittes eilte Meyer dem fraglichen Individuum hinterher, ihm eine stumpfe Beleidigung zurufend, sobald er sich in Hörweite glaubte. Ohne zu zögern wandte Dieter seinen Schritt dem Herausforderer zu, der die Ankunft seines Gegners bereits mit jenem charakteristischen, viehisch dumpfen Blick erwartete, während Kümmering eiligst ein paar beschwichtigende Worte für den Insultierten fand (um den sicheren Verbleib des Hundes nicht zu gefährden) und somit einen handgreiflichen Konflikt letztlich abwenden konnte, als Dieter seine ursprüngliche Gehrichtung zögernd wieder aufgenommen hatte.

„Tut mir leid, Sebastian, das mit eben." sprach Meyer in wehmütigem Tone, als sie sich wieder auf dem Rückweg befanden.

„Ach, alles gut, das kann ja mal passieren...Mal im Affekt kanns einen dann so übermannen, ich kenn das."

„Ja, ich hab mich da manchmal auch zu wenig im Griff, ich weiß das ja selber...Aber manche Leute, die regen mich dann so auf in dem Moment, dass ich einfach nicht an mich halten kann."

„Ja, alles gut...Guck, ich glaub, da sind schon deine Leute."

„Ja, perfekt."

Kümmering hielt ihm feierlich die Hand hin.

„Na gut, Sandro, ich hoffe ihr hattet einen schönen Abend-"

„Den hatten wir auf jeden Fall."

Meyers kraftvollem Händedruck wacker standhaltend, warf der junge Mann nun einen genügsamen Blick durch die Runde.

„Ah, sehr schön. Ja, dann wünsch ich euch noch allen eine gute Nacht, und vielleicht sieht man sich ja demnächst wieder irgendwo."

„Na, bestimmt...Ja, Sebastian", sprach ein lautstark seine Hände ineinander legender Sandro Meyer, „ich hoffe, für dich wars auch ein netter Abend."

„Is tatsächlich noch nich vorbei für mich."

„Ach, geht gleich noch weiter, oder was? Mensch, richtiger Macher hier, du!"

„Tja, was soll ich sagen."

„Ha ha! Na, dann wünsch ich dir noch einen sehr ereignisreichen Abend."

Meyer klopfte ihm väterlich auf die Schulter.

„Du machst das schon, da bin ich mir sicher!"

„Ich geb mein Bestes."

„Ha ha! Na gut, dann bis demnächst. Und komm gut nachhause, nachher! Oder dahin, wo du pennst!"

„Ha ha! Mal gucken, mal gucken!...Jo, Tschüss, Leute! Gute Nacht!"

Erleichtert trat er zurück in die angenehm warmen Gänge seines selbst erwählten Gefängnisses, sich sogleich zielstrebig auf die verheißungsvolle Kellertreppe zubewegend, als er mit einem Male seines besten Freundes ansichtig wurde, der gerade im Begriff stand, fertig angekleidet mit seiner weiblichen Begleitperson die schicksalhafte Party zu verlassen.

„Ey, na! Wollt ihr schon los?"

„Joa, Basti, wir werden auch mal so langsam los...Oder, Marie?"

„Ja, ich bin auch echt zu müde, langsam."

Nach einem flüchtigen Blickwechsel wandte Flitz den seinen wieder Kümmering zu.

„Schade, dass wir uns so selten gesehen haben."

„Ja, Johannes, das is natürlich bisschen unglücklich gelaufen, alles."

„Aber ich hoffe, du hattest trotzdem einen schönen Abend."

Erneut kam man auf den Umstand, dass dieser für Kümmering noch nicht vorbei sei.

„Ah, sehr schön…Ja, ich wünsch dir noch viel Spaß, Basti, mach das Beste draus. Kannst mir ja dann erzählen, die Tage."

„Ja, danke, werd ich machen. Weißt du zufällig, ob Alina noch hier is?"

„Alina? Nee, die hab ich vorhin mit nem Typen losgehen sehn."

„Achso, okay."

„Wieso?"

„Nee, nur so. Dann wär man halt nich komplett alleine hier."

„Ja, versteh ich…Ach, was! Ich sag immer: „Irgendwer findet sich immer". So! Das war das Schlusswort für heute. Wir sehen uns dann ja bestimmt die Tage. Bist du Mittwoch in der Uni?…Ja, perfekt…Jo, hau rein!"

Um keine weitere Zeit zu verlieren – denn der „Speicher" leerte sich zusehends – begab sich der Student sofort in jenes teuflische Untergeschoss, sich tapfer durch den Vorhang beißenden Schweißgeruchs kämpfend, bis er alsbald seinen Platz unter den noch verbliebenen Tänzern gefunden hatte (derer es zu seinem Glück noch allemal genug gab) und schon nach wenigen Minuten dazu übergehen konnte, dem nahegelegenen Kreise gutaussehender Damen ein paar interessierte Blicke zuzuwerfen. Er passte einen Moment des Liedes ab, an welchem man sich in Gesprächslautstärke gut verstehen

konnte, und beugte sich unbeholfen zu seiner Auser-
wählten ans Ohr.

„Hey, kann ich vielleicht-"

Erschrocken wandte sie sich um und stieß ihn mit an-
gewiderter Miene von sich, jedoch ließ Kümmering diesen Affront nicht kommentarlos auf sich sitzen.

„Hey, ich wollte nur-"

Nun spürte er allerdings das Gewicht einer kräftigen
Hand auf seiner Schulter, die, wie er Sekunden später in
Erfahrung bringen sollte, einem bärtigen Herrn mit vielen Tätowierungen gehörte, der ihn zunächst sanft anlä-
chelte, den Kopf schüttelte, und daraufhin mit leichtem
Druck in die entgegengesetzte Richtung schob – während der Student, erneut abwehrend die Hände in die
Höhe erhoben, diesem Verfahren widerstandslos Folge
leistete. Nachdem er seine Tanzposition freiwillig noch
um einige weitere Meter verlegt hatte, fand er sich neben
einem jüngeren Herrn wieder, dessen Gesichtszüge ihm
merkwürdig bekannt vorkamen, obgleich er ihm völlig
fremd war – bis es ihm schließlich dämmerte.

„Hey, bist du nicht der mit dem Telefon?"

„Was fürn Telefon?"

„Du bist doch vorhin hier immerzu mit nem aufgeklappten Telefon umhergerannt, oder nich?"

„Mit nem aufgeklappten Telefon umher-Ah, ja, jetzt
weiß ich! Ja, das war ich."

„Ich hab mich die ganze Zeit gefragt: Was hastn du damit gemacht immerzu?"

„Ich musste paar Nachrichten verschicken."

„So viele?"

„Ja, tatsächlich! Hat auch ewig gedauert."

„Aber jetzt hast alle Nachrichten verschickt?"

„Jetzt hab ich alle Nachrichten verschickt."

„Ja, perfekt."

Taktvoll wartete Kümmering einen Moment, bevor er jenen Herrn erneut ansprach.

„Wie heißt du eigentlich?"

„Lennard. Und du?"

„Sebastian."

„Ah."

„Was sagst du zur Musik, Lennard?"

„Könnte wohl besser sein."

„Ja, das stimmt wohl."

„Der DJ sieht auch nich mehr ganz frisch aus."

„Oh, jetzt seh ichs auch...So möcht ich meine Rente glaub ich nich verbringen." sprach Kümmering scherzhaft.

„Hat doch was."

„Ja, obwohl, jetzt wo dus sagst."

„Lass mal an die Bar." deklarierte Lennard nach einer kurzen Pause, sich zeitgleich in Bewegung setzend.

Anfangs wunderte sich der Student, warum seine neue Bekanntschaft ihren Weg hierfür geradewegs auf zwei junge Damen lenkte, jedoch sollte sich herausstellen, dass es sich bei ihnen um Lennards Partnerin Ida und deren Freundin Laura handelte. Obgleich Kümmering mit der Zeit erahnte, worauf man es abgesehen hatte – denn man gab sich reichlich Mühe, ihn und Laura schnellstens miteinander vertraut zu machen – verschloss er sich diesem Vorhaben keineswegs, da ihm seine Angetragene vom Äußeren her recht gefiel (und er ihr offenbar ebenfalls, da sie kein Auge von ihm zu wenden schien).

In gewohnter Manier kehrte man zu viert auf die Tanzfläche zurück, sodass Kümmering und sein rettender Engel die Gelegenheit bekamen, sich – im buchstäblichen Sinne – näher kennenzulernen, wobei die jener späten Stunde geschuldete Bereitschaft dafür hierbei sicherlich eine gewisse Rolle gespielt haben wird. Wie sich Lennard und Ida einige Minuten später verabschiedet hatten, gingen die frisch Verliebten zu einer intensiveren Form der Zuneigungsbekundung über, die ihren vorläufigen Höhepunkt in einem Wangenkuss seitens der weiblichen Partei fand.

„Du bist so hübsch, Laura." säuselte Kümmering gedankenverloren, seinen Mund dicht vor dem ihren.

„Und du bist echt süß."

Eine weitere Strophe verging, ehe sie ihn wieder an ihr Ohr herabbeugte.

„Warte mal kurz hier, ich geh nur schnell auf die Toilette, okay?"

„Alles klar, ich warte hier."

Alleine den musikalischen Exzessen des ältlichen Discjockeys ausgeliefert, erwuchs dem Studenten alsbald der geistreiche Einfall, sein Herzblatt bei ihrer Rückkehr mit einem seiner eigenen Liedwünsche zu überraschen, und dem umstehenden Publikum somit im weiteren Sinne die Überlegenheit eines ausgefeilten Musikgeschmackes zu demonstrieren. Ein entsprechendes Beispiel auf seinem Telefon öffnend, begab er sich damit kurzerhand auf jene Estrade, die dem zweifelhaften Prediger des Apollon als die pervertierte Version eines Altares diente, wo er jedoch sogleich von einer seiner Leibwachen bezüglich seiner Absichten vernommen wurde.

„Ey, ey, wo willst du hin?"

„Ich wollt mir n Lied wünschen."

„Ja, dann zeig erstmal."

Der Sicherheitsmann warf einen knappen Blick auf das Handy des Studenten.

„Ja, alles klar, geb ich weiter. So, jetzt Abfahrt."

Skeptisch betrachtete Kümmering den unsympathischen Mann, wie er an das Pult jenes greisen Pontifex zurückkehrte, bevor er sich plötzlich von einem der anderen Wächter angesprochen hörte.

„Hast dir grad n Lied gewünscht, ne?"

„Ja."

„Ja, pass auf, der Kollege da oben, bei dem hast du keine Chance, dass der DJ das spielen wird. Du musst warten, bis er mal kurz weg is, und dann gleich zum DJ gehen."

Während der Student auf jenes Zeitfenster hoffte, versuchte er von seinem Standpunkt aus zu erkennen, ob seine Julia bereits am vereinbarten Treffpunkt auf ihn warten würde – was nach seiner Kenntnis nicht der Fall war – weshalb ihn erst sein Komplize darauf aufmerksam machen musste, als sich die Möglichkeit eines gefahrlosen Vordringens zum Hohepriester schließlich erbot. Mit zusammengekniffenen Augen musterte dieser wenig später das ihm vor die Nase gehaltene Telefon, beantwortete die Bestrebungen des jungen Mannes mit einem trägen Nicken und wandte sich rasch wieder der mühsamen Arbeit zu, seine Armee von Knöpfen und Schaltern zu kommandieren.

Enthusiastisch erwartete Kümmering die Rückkehr seiner Herzensdame, den Kopf ungeduldig nach allen Seiten wendend, um sie ja nicht zu übersehen – irgendwie kam ihm die Länge ihrer Abwesenheit dann aber doch etwas seltsam vor, weshalb er die hochdramatische Idee fasste, sie könnte ihn vielleicht aufgrund seiner wichtigen Mission nicht gefunden haben, und würde nun woanders vergeblich nach ihm suchen.

Nach einer erfolglosen Kontrollrunde wartete er für einen Moment vor den Toiletten, wo ihn jedoch irgendwann der schmerzliche Gedanke zu plagen begann, sie könne sich ja eventuell genau jetzt auf der Tanzfläche nach ihm umsehen – dieses beklagenswerte Spiel wiederholte sich so lange, bis er sich schweren Herzens dazu entschied, die letzte Viertelstunde der Veranstaltungsdauer an einem Bartresen zuzubringen, von wo aus er einen klaren Überblick über die räumlichen Verhältnisse hatte, sodass er Lauras fieberhaft ersehnte Rückkehr – seiner Meinung nach – zweifelsohne mitbekommen würde.

Mit wachsendem Unbehagen sah er den umliegenden Saal stetig lichter werden, bis sich dessen Bevölkerung schlussletztlich auf nur einige wenige Gäste beschränkte, die sich entweder mit ihren Leuten noch für einen letzten Plausch zusammenfanden, oder sich einsam an irgendein Möbelstück lehnten. Bei der einzigen Person, die des Tanzens offenbar nie müde zu werden schien, handelte es sich um eine dickliche Frau mittleren Alters, die dabei anscheinend den Spaß ihres Lebens hatte, wohingegen der vermeintliche Ehemann ihr gespannt von seinem nahegelegenen Sitzplatz aus zusah – bis das Einschalten der Lichter auch diesem finalen Ballettakt ein abruptes Ende bereitete.

Mit allerletzter Hoffnung, seiner verloren geglaubten Liebe doch noch per Zufall im Garderobenbereich zu begegnen, machte sich der Student im Zuge der allgemeinen Pilgerfahrt gleichfalls dorthin auf den Weg, wo er darüber hinaus Zeuge eines spektakulären Kampfes zwischen drei Sicherheitsmännern und einem äußerst streitsüchtig aufgelegten Gast wurde, dessen Abreise man als Dienst des Hauses netterweise ein wenig beschleunigte.

Langsam musste Kümmering sich eingestehen, dass die Aussicht auf eine glückliche Wendung der Dinge in eine unerreichbare Ferne gerückt war, weshalb er sich wohl oder übel dazu durchringen musste, dieser Möglichkeit endgültig zu entsagen, und unwiderruflich seinen Heimweg anzutreten – wofür er zunächst einen Fußweg zum Flitz'schen Innenhof zurücklegen musste, wo sich nicht zuletzt noch immer sein Fahrrad befand.

Jungfräuliche Sonnenstrahlen schienen hinter den fernen Wellen empor, ihr belebendes Licht durch die menschenleeren Gassen werfend, deren triste Fassaden nun von allerhand rastlosem Gezwitscher widerhallten, während sich das endlose Himmelszelt bereits in ein mattes, rosafarbenes Morgengewand gehüllt hatte. Ein kleines Lokal, aus welchem auch jetzt noch Musik und Tanz zu vernehmen war, ließ den Studenten näher an eine der Personen herantreten, welche sich gerade vor diesem aufhielten.

„Hallo, Entschuldigung, is das hier noch mit Eintritt?"

„Das is ne Hochzeitsgesellschaft, mein Süßer."

„Oh. Nee, dann alles gut."

Vor Müdigkeit kaum noch in der Lage, sich auf den Beinen zu halten, hievte sich der Student, erfolgreich am Ziele seiner Reise angekommen, auf sein bedürftiges Fortbewegungsmittel, die Wohnungsfenster seiner Freunde mit einem letzten, wehmütigen Blick bedenkend. Die schier endlose Fahrt verschaffte ihm folglich genug Zeit, über sich selbst und die Geschehnisse jenes Abends nachzudenken, weswegen er, als er schließlich in den Hausflur seiner Wohnung schlich, bereits einen felsenfesten Entschluss gefasst hatte: Schon am nächsten Tag würde er sich an einem Online-Datingportal anmelden.

VI

Arnold Schönberg

Variationen für Orchester, Op. 31: Variation VIII: Sehr rasch

Eines Nachmittags, als die trostlosen Gassen seiner kargen Wohngegend wieder einmal von jener unerträglichen Hitze heimgesucht wurden, blickte Kümmering, der es sich bereits auf seinem Bett bequem gemacht hatte, mehrere Male ungeduldig auf sein Telefon – bis er endlich den ersehnten Anruf bekam.

„Hey, na? Da bin ich."

„Ja...Hey." antwortete eine weibliche Stimme.

„Hört man mich gut?"

„Ja, man hört dich."

Um dem recht zurückhaltenden Gesprächston seines elektronischen Rendezvous' entgegenzuwirken, legte der Student gleich zu Beginn einen gewissen Elan in seine Sprechweise.

„Ah, sehr schön. Und, wie gehts so?"

„Ganz gut, soweit. Bei dir?"

„Ja, bei mir auch. Sagt man eigentlich Melina? Oder eher komplett Melina-Sophie?"

„Melina-Sophie. Melina nennen mich nur meine Großeltern."

„Ah, okay."

„Und du? Einfach nur Sebastian?"

„Leider ja. Mit sonem coolen Doppelnamen kann ich leider nicht dienen."

„Tja."

„Und, Melina-Sophie, was machst du heut noch so?"

„Weiß nich. Ich denk mal, bisschen entspannen und vielleicht noch paar Videos gucken."

„Gar nich raus ans schöne Wetter?"

„Nee, viel zu heiß."

„Ja, gut, stimmt...Ich geh heut Abend tatsächlich noch mit paar Freunden ins Kino."

„Oh, cool, was guckt ihr?"

Kümmering nannte ihr den Namen eines zu jenem Zeitpunkt aktuellen Horrorfilms.

„Nee, also bei Gruselfilmen wär ich absolut raus." gestand Melina-Sophie augenblicklich.

„Oh! Was guckst du denn eher so?"

„Ich guck eher nur so...schöne Sachen. Nix Schweres oder Gruseliges."

„Mhm...Was war so der letzte Film, bei dem du im Kino warst?"

Nach kurzer Überlegung erklärte ihm Melina-Sophie, dass es sich hierbei um einen preisgekrönten Musicalfilm handelte, der zum Zeitpunkt ihres Gespräches vor einigen Monaten oftmals in den Schlagzeilen gestanden hatte.

„Ach, sind Musicals so dein Ding?"

„Nee, eigentlich nicht. Hab den halt nur geguckt, weil alle den geguckt haben."

„Achso, alles klar. Ha ha! Hätte mich jetzt ehrlich gesagt auch etwas gewundert."

„Wieso?"

Kümmering zögerte mit seiner Antwort.

„Hm...Na, ich find, du siehst von deinen Bildern her nich aus wie jemand, der oft Musicals gucken würde."

„Weil?"

„Na, ich weiß nich...Irgendwie stell ich mir da eher so ne kleine unscheinbare Maus vor, mit so Brille und am besten noch sonem Bild aus ihrem Lieblingskinderfilm in ihrer Profilbeschreibung."

„Ha ha! Das war ja schon ne sehr spezielle Beschreibung! Nee, so jemand bin ich ja nun ganz und gar nich."

„Ha! Das stimmt wohl."

Nach ungefähr zehn weiteren Minuten intensiven Kennenlernens unterbrach Frau Kümmering versehentlich den rhetorischen Rhythmus ihres Sohnes, als sie seine Zimmertür mit der selbstlosen Absicht eröffnete, ihn an eine seiner häuslichen Pflichten zu erinnern, worauf dieser ihr in nicht besonders freundlichem Tone den Vorrang seines Telefonats unmissverständlich beibrachte. Wie Letzteres schließlich seinem Ende entgegensteuerte, einigte man sich auf eine zeitnahe Wiederholung ihres vertraulichen Zwiegesprächs, wofür man allerdings keinen näheren Zeitpunkt definierte.

Unerwarteterweise trug sich dieses schon am nächsten Tage zu, als der Student Melina-Sophies spontanes Angebot hierzu just auf sein Handy empfing, wie er sich gerade inmitten seiner nachmittäglichen Gassirunde befand. Für eine angenehmere Gesprächsatmosphäre hatte er sich auf jener Parkbank niedergelassen, von wo aus er dem lieblichen Schwanenpaar geistesabwesend bei seinen ziellosen Umrundungen seiner plätschernden kleinen Welt zusehen konnte, sich selbst unterdessen darauf konzentrierend, einen möglichst guten Eindruck auf seine neue Bekanntschaft zu machen – offenbar hatte Kümmering hiermit auch Erfolg, denn vor Beendigung ihres zweiten Stelldicheins hatte man schon verabredet, sich noch am selbigen Tage persönlich zu treffen.

Des Studenten Frage, welchen Ort man hierfür wählen sollte – ob Kino, Restaurant, oder ein einfacher Spaziergang – beantwortete Melina-Sophie nach reichlicher Überlegung mit dem galanten Vorschlag, dieses stattdessen gleich bei ihm zuhause stattfinden zu lassen. Der junge Mann, der diesem Ersuchen im Regelfall eine (ungewollte) Absage erteilt hätte, konnte dem diesmal jedoch ohne jeglichen Vorbehalt zustimmen, da seine Eltern, wie es der Zufall so wollte, das Wochenende außer Haus zubrachten.

Mit einem Gefühl, welches sich am ehesten als Verdruss beschreiben ließe, lauschte Kümmering dem umsichtigen Hinweis seiner Gesprächspartnerin, sich für den gemeinsamen Abend noch einmal gründlich im Intimbereich zu säubern, sodass er, als man vorerst voneinander scheiden musste, dem bevorstehenden Treffen mit einem leichten Unbehagen entgegenblickte.

Wie nun der Zeitpunkt ihrer vereinbarten Ankunft in greifbare Nähe gerückt war, schritt der Student bereits ungeduldig in seiner Wohnung auf und ab – einen gelegentlichen Blick in den Flurspiegel werfend – als er plötzlich das unüberhörbare Läuten seiner Türklingel vernahm, welches Orfeo sachgemäß zu seiner schrillen Begrüßungsaufwartung veranlasste. Das Hallen ihrer Tritte nunmehr deutlich vernehmend, erwartete er sie mit seinem Hund auf den Armen vor seiner geöffneten Wohnungstür, um ihr einen herzlichen Empfang zu bereiten – welcher indessen beinahe durch den Fakt geschmälert worden wäre, dass Melina-Sophie in natura nur noch vage der Person auf den Bildern ihres Online-Datingprofils entsprach; Kümmering bewahrte dennoch Fassung, und bat sie höflichst herein.

Während er ihr eine kurze Führung durch alle Zimmer gab, verwirrte es ihn ein wenig, dass sich sein Gast offensichtlich mehr für das Haustier als für ihn selbst zu interessieren schien, was ihm schon gleich an der etwas nebensächlichen Art ihrer Begrüßung aufgefallen war. Erst, als sie sich auf dem Sofa im Wohnzimmer niedergelassen hatten und man sich für eine Weile über die üblichen Banalitäten unterhalten hatte, wurde ihm letztlich bewusst, wie schwierig doch das Voranbringen einer Konversation mit jemandem werden konnte, mit dem man erst zweimal telefoniert hatte – weshalb er auf die kluge Idee kam, dem aufkommenden Mangel an Ge-

120

sprächsthemen durch einen kleinen Spaziergang etwas Anregung zu verschaffen.

Ein letzter orangefarbener Schimmer glomm hinter den tausendäugigen Mauern jener gespenstisch trostlosen Landschaft wie ein von einstiger Pracht und Lebensfülle kündender Epitaph, bevor das trübe, wässrige Licht der spärlichen Laternen eine nur noch schemenhafte Erinnerung hieran bilden sollte. Zwischen den jungen Leuten schien das Eis glücklicherweise langsam zu brechen, sodass man sich, als man schließlich in die warme Stube heimgekehrt war, in der passenden Stimmung dafür befand, sich nun gemeinsam einen Film anzuschauen. Eifrig durchforstete Kümmering das überreiche Angebot eines seiner abonnierten Streamingdienste, wohingegen Melina-Sophie sich damit beschäftigte, den Hund durch eines seiner zahllosen Spielzeuge zu unterhalten.

„Ah, guck mal, du meintest doch, du magst Musicals. Von dem hier hat man doch schon mal gehört."

„Ich hab nich gesagt, dass ich Musicals mag."

„Achso, nee dann...Wir können auch was anderes gucken."

„Nee, mach ruhig an. Mir egal, was wir gucken."

„Sicher? Na gut, bevor wir hier noch ewig suchen."

Mit einem Male erleuchtete das überdimensionierte Fernsehgerät das stockfinstere Zimmer durch sein kräftiges Farbenspiel; überzog seine drei Bewohner der Reihe nach mit einem karminroten, quarzvioletten und himmelblauen Schimmer, bevor es ihnen eine Kamerafahrt über New York City's Großstadtdschungel darbot, dessen vorläufige Endstation sich auf einem Basketballplatz voller Jugendlicher befand.

Indes sich sein Gast zunehmend mit Orfeo beschäftigte – welcher es sich mittlerweile zwischen ihnen bequem gemacht hatte – statt auf das Fortschreiten der Handlung zu achten, versuchte der Student ihre Aufmerksamkeit mehrfach durch gewitzte Kommentare und geistreiche Bemerkungen zurückzugewinnen, womit er jedoch nur teilweise Erfolg hatte.

„Ich find, es hat eigentlich auch paar positive Seiten, in soner Straßengang aufzuwachsen-"

„Ach hier soll ich killern, Orfeo? Ein richtiger Schelm bist du!...Was?"

„Ich sag, es hat bestimmt auch so sein Gutes, in ner Straßengang aufzuwachsen."

„Was soll denn daran gut sein?"

Der Student verwies auf das kinematographische Spektakel vor ihnen.

„Naja, guck mal: Die kennen sich da alle untereinander, sind immer mit ihren Freunden unterwegs, jeder steht für den anderen ein...Ich find, das hat doch auch was."

„Naja, wenn du meinst...Ach, jetzt hebst du wieder dein Bein? Hier soll ich weiterkillern?"

122

„Hast du eigentlich auch n Hund?"

„Früher, ja. Aber der ist dann vor paar Jahren gestorben."

„Ohh...Das tut mir leid."

„Naja, war eigentlich eh nur der Hund meiner Eltern...War auch bisschen froh, als der dann tot war, weil ich auch kein Bock mehr hatte, ständig Gassi gehen zu müssen und so."

„Ah...Okay."

Brüskiert runzelte Kümmering die Stirn und schwieg für eine Weile, bevor er mit einem gewissen Unterton anmerkte:

„Wer war eigentlich der Typ auf deinem Profilbild, was du gestern für paar Stunden drinne hattest?"

„Das war mein Ex-Freund."

„Ah."

Einen ersten dramatischen Hochpunkt des Filmes bildete ein formeller Zweikampf der beiden verfeindeten Gangs, welcher aufgrund der Einmischung jenes Romeos – auf Anraten seiner Julia – einen unbeabsichtigt düsteren Ausgang nahm, welches in Kümmering ein leichtes Gefühl der Verbitterung weckte.

„Boah! Der hat einfach unwissentlich seinen besten Freund umgebracht, nur weil er nem Mädel gefallen wollte...wenn man so drüber nachdenkt."

„Der wär doch bestimmt eh gestorben."

„Darum gehts doch gar nich."

„Tja, manche tun halt alles für die Liebe." sprach Melina-Sophie nach kurzer Überlegung.

„So kann mans natürlich auch sehen...Gott, manche Typen scheinens echt nötig zu haben."

Nachdem die Geschichte alsbald ihr tragisches Ende gefunden hatte, ging man im Hause Kümmering dazu über, sich langsam bettfertig zu machen, bevor man sich anschließend ins große Elternschlafzimmer begeben würde – wo man nach Überwindung der anfänglichen Schüchternheit damit begann, sich jene Zärtlichkeiten zu erweisen, für welche man sich nicht zuletzt überhaupt erst getroffen hatte.

VII

Giacomo Meyerbeer

Robert le diable:
Ouvertüre

Den einen oder anderen neugierigen Blick hinter die von Plakaten und Zeitungen zugeklebten Glaswände leerstehender Ladenfronten werfend, behielt Kümmering dessen ungeachtet den Haupteingang jenes geisterhaften Kaufhauses nicht weniger konzentriert im Auge, bis seine Verabredung dort eintreffen würde. Außer ihm befand sich in dem weitläufigen Foyer nur eine einzige weitere Person, bei der es sich um einen alten Herrn mit Kapitänsmütze handelte, welcher sich gerade auf einer der Sitzbänke auszuruhen gedachte.

Ein stetiges, dumpfes Rauschen erfüllte die von kaltem Neonlicht erhellten Gänge, wobei davon auszugehen war, dass dessen Quelle die fortwährend im Betrieb befindliche Rolltreppe sein dürfte, wobei das Fitnessstudio im Obergeschoss und der ihm gegenüberliegende Barbier hierfür gleichfalls infrage kommen könnten. Außer diesen beiden Geschäften befanden sich lediglich eine Bäckerei, ein chinesisches Restaurant, ein Kebab-Imbissladen und eine Drogerie im verkaufsfähigen Zustand, welche in ihrer Summe nicht einmal ein Drittel der gesamten Nutzfläche des Gebäudes in Anspruch nahmen.

Wie der Student schließlich der alles überragenden Silhouette eines gewissen jungen Herrn ansichtig wurde, der sich gerade unter dem Türrahmen des Haupteinlasses hinwegduckte, schlenderte er rasch auf ihn zu, um ihn recht herzlich in Empfang zu nehmen.

126

„Felix!"

„Na, Basti! Hast du schon lange gewartet?"

„Ach, vielleicht fünf Minuten."

„Ah, das geht ja noch."

„Das denk ich auch."

Mittlerweile beförderte sie die geräuschvoll schnaufende Rolltreppe ins weitläufige Obergeschoss.

„Heute is wieder Brust und Arme, ne?" erkundigte sich Kümmering.

„Ja, genau...Mittwoch hatten wir ja Cardio. Jetzt is wieder Oberkörper."

„Ah, ja."

„Und Montag dann wieder Beine."

„Puh."

„Ey, mehr Begeisterung, Basti!"

„Ja, du, ich bemüh mich."

Von dem hohen Laubengang ausgehend, den sie nun betraten, wirkte jener alte Mann zwischen all den dekorativen Gewächsen fast schon wie der Bewohner eines grotesken Geheges, dessen Lust, darin umherzuwandeln, schon vor langer Zeit erloschen zu sein schien – ehe er aus dem Blickfeld der beiden jungen Männer verschwand, als sie jenes Fitnessstudio durch das hierfür vorgesehene Drehkreuz betraten.

Wie sie in sportlich legerer Montur aus der Umkleidekabine schritten, begaben sie sich zur Erwärmung sogleich auf jeweils eines der Laufbänder, wobei man allerdings keine benachbarten nehmen konnte, da dies sowohl durch andere Gäste, als auch der Tatsache, dass einige der Geräte gerade nicht funktionstauglich waren, verhindert wurde. Das weitläufige Areal bestand aus mehreren Bereichen; so gab es beispielsweise eine eigene Ecke für Hanteltraining, Turnübungen, und sogar einen Abschnitt, der nur den Damen vorbehalten war.

Die zahllosen Wandspiegel, dank derer man sich bei der Durchführung seiner Übungen stets auf die korrekte Körperhaltung kontrollieren konnte, ließen die Räumlichkeiten noch um einiges ausgedehnter und bevölkerter aussehen, als dies tatsächlich der Fall war. Unablässig hörte man entweder das schmerzliche Grunzen eines bis zum Äußersten gespannten Körpers, den metallischen Aufprall eines niederfallenden Gewichts, oder das monotone Surren aus der Legion von aufgereihten Cardiomaschinen.

Wie sich Kümmering und sein Begleiter nun ausreichend für ihre Trainingseinheiten aufgewärmt hatten, suchten sie die erste Station ihrer mühseligen Reise auf, bei welcher es sich um die Trizepsmaschine handelte, die sie jedoch erst einmal überspringen mussten, da diese besetzt war, und stattdessen zunächst mit der Schulterpresse vorliebnahmen. In gewohnter Weise nahm hierbei jeweils einer der beiden Herren zur Durchführung der Übung auf der fraglichen Maschine Platz, bis man seinen ersten Trainingssatz beendet hatte, wonach man sich abwechselte – sodass jeder am Ende dreimal am Zuge gewesen war. Wenngleich man es manchmal aufgrund der körperlichen Anstrengung unterbrechen musste, so unterhielt man sich doch die meiste Zeit dabei.

„Aber ich find schon, Basti...das mit Kino neulich war echt ne gute Idee."

„Ja, das fand ich auch."

„Geht ihr oft so ins Kino?"

„Hmm...Ja, doch, schon. Ich glaub...ich geh auch mit Johannes eigentlich relativ oft ins Kino."

„Ah, okay...Ja, irgendwie, von meinem sonstigen Freundeskreis, die machen alle irgendwie gar nix. Die sitzen nur zuhause." sprach Felix mit verdrießlicher Miene.

„Oh."

„Aber so mit Alina, dir, und Johannes, das is echt ne willkommene Abwechslung für mich, wenn ich ehrlich bin."

„Ah, sehr schön, das freut mich."

Als sie nun endlich die Trizepsmaschine für sich beanspruchen konnten, erhob Felix erneut das Wort, als Kümmering gerade seine erste Einheit beendet hatte.

„Ach, man hat mir übrigens gezwitschert, dass sich ein gewisser jemand vom Single-Dasein verabschiedet hat?"

Kümmering lächelte verlegen.

„So, so?...Ja, was soll ich dir dazu sagen, Felix."

„Wie habt ihr euch kennengelernt?"

„Tatsächlich übers Internet."

„Ah, schön...Ja, stimmt, mittlerweile kenn ich auch echt viele, die sich so kennengelernt haben. Wie heißt sie?"

„Melina-Sophie."

„Melina-Sophie? Oha! Das ja schon n recht seltener Name...Kannst sie ja mal mitbringen, wenn wir wieder was machen als Gruppe."

„Ja, werd ich bestimmt auch demnächst."

Als sie aufgrund eines Übungswechsels abermals eine gewisse Strecke durch jenes stählerne Dickicht zurücklegen mussten, beobachtete Kümmering seinen Trainingspartner etwas irritiert dabei, wie dieser sich nach zwei vorübergehenden Damen umwandte, und beantwortete dessen zweideutiges Kommentar hierzu lediglich mit einem leichten Seufzen.

„Komm, zieh durch, Basti!...Komm, noch eine...Komm, eine geht noch...Och, Bastii!" jammerte Felix wenig später, wie der Angesprochene gerade seine Hantel wieder auf die Halterung legte.

„Puh...Mehr schaff ich echt nich."

„Mann, Basti! Bisschen mehr Zielstrebigkeit! Ich mein, du bist klein! Dir müsste das tausendmal leichter fallen als mir."

„Im Vergleich zu dir is ja auch jeder klein."

„Guck, und trotzdem stemm ich mehr als du."

Just demonstrierte Felix die soeben getätigte Aussage.

„Du machst das ja auch schon länger. Wie du weißt, mach ich das ja hier erst, seit ich dich kenn."

„Ja, das mag schon sein...Aber bisschen mehr Biss brauchst du schon. Sonst wird das nix."

„Ja, ja. Nu mach du mal."

„Warte mal, ich glaub, mein Handy klingelt...Oh, is Alina. Ich geh kurz ran."

Geistesabwesend schaute Felix während seines Telefonats vor sich her, des starren, verachtungsvollen Blickes, der sich unentwegt auf ihn gerichtet hatte, völlig ungewiss.

„-ich mir denken, ja...Ja, kann sein...Basti? Ja, mit dem bin ich grad beim Sport...Ja, ich frag ihn gleich mal...Ja, bestimmt...Okay, machen wir so...Gut, bis nachher!...Ich dich auch, Schatz!"

Kümmerings Miene schien eine Erklärung der ihn betreffenden Phrasen zu erwarten.

„Ähm, also anscheinend sind Alina und ich wohl heute Abend auf irgendnen Geburtstag eingeladen, und weil sie meinte, dass man da wohl noch ein, zwei Leute mitbringen darf, wollte sie dich fragen, ob du vielleicht auch Lust hättest, mitzukommen."

„Klar, warum nich. Wer hat denn Geburtstag? Kennt man den oder die?"

„Irgendein Sandro. Keine Ahnung."

„Meyer?“

„Du, keine Ahnung.“

„Doch, doch, ich denk mal.“

Felix tat seine Ratlosigkeit kund.

„Weiß man schon, wo das is?“

„Ich glaub, sie meinte irgendwie, dass das wohl in H... sein soll.“

„In H...? Dieses Dorf?“

„Ja, genau. Und da irgendwie am Strand.“

„Ah, okay...Ja, warum nich. Wenn das wirklich der Sandro is, den ich kenn, dann dürfte das eigentlich kein Problem sein, wenn ich mitkomme.“

„Ja, cool, würd mich freuen, wenn du mit dabei wärst.“

„Dann kommt Johannes bestimmt auch mit, ne?“

„Ja, ich denk mal.“

Kümmering rieb sich nachdenklich das Kinn.

„Ja, okay...Ich überleg grad, wie man das am besten macht, mit hinkommen und von da wieder wegkommen. Wegen Alkohol, sag ich mal.“

„Ohh, ja, das is die Frage.“

„Wie kommt ihr hin?“

„Ähm, ich denk mal...Also, ich weiß, dass es in H... so ne Bahnstation gibt...und ich denk mal, wir fahren dann einfach mit der Bahn hin und zurück. Wenn sich natürlich nichts anderes ergibt.“

„Ah…Doch, das klingt doch ganz praktisch. Weißt du, ob die auch nachts fährt?“

„Also, am Wochenende ab 0 Uhr – glaub ich – zweimal pro Stunde.“

„Achso, ja, perfekt. Dann werd ich…Ohh, warte mal…Heute kommt ja noch meine Freundin zu Besuch.“

Schweigend führte der Student seine Übung an der Butterflymaschine fort, welche die letzte ihrer Stationen bildete, derweil sich sein Geist der Suche nach der bestmöglichen Lösung seines sich anbahnenden Interessenkonflikts widmete.

„Zu um wieviel Uhr meinst du, geht ihr los?“ lautete die für Kümmering letztlich ausschlaggebende Frage.

„Hm…Also, Alina meinte irgendwie, so halb sechs. Vielleicht auch um sechs.“

„Okay…Ich glaub, ich weiß jetzt, wie ichs am besten mach: Ich werd erstmal meine Freundin fragen, ob sie vielleicht auch mitkommen will – weil, ganz ehrlich, wenn es nur am Strand is, dann interessiert es eh keinen, wer da mitkommt…Das Ding is, wir sollten eigentlich noch mit meinen Eltern zusammen abendessen, deshalb denk ich mal, dass wir da vor halb acht nich loskommen werden.“

„Ohh, okay.“

„Deswegen hätt ich jetzt einfach gesagt, dass meine Freundin und ich dann einfach nachkommen, wenn wir fertig sind…Wie lange brauch die Bahn dahin?“

„Ach, zehn Minuten oder so."

„Oh, das is ja gar nix...Ja, perfekt, Felix, dann würde ich sagen, wär das erstmal so der Plan."

„Klingt gut. Wollen wir hoffen, dass das alles so klappt."

„Jo...Und wenn wir das nich gleich finden, wo das is, kann ich euch ja anrufen, ihr seid dann ja schon vor Ort."

„Ja, genau...Ey, dann sehen wir ja heut auch das erste Mal deine Zukünftige!"

Gedankenverloren nahm Kümmering bereits sein Handtuch vom Ledersitz der Maschine.

„Hm? Achso, ja."

VIII

Charles-Valentin Alkan

Préludes, Op. 31:

No. 8: La chanson de la folle au bord de la mer

Neugierig beugte sich Melina-Sophie über den neben ihr liegenden Studenten, nachdem dieser für eine Weile die Decke seines Zimmers angestarrt hatte.

„Woran denkst du gerade?"

Ein warmes Lächeln durchbrach Kümmerings ausdruckslose Mimik, wenngleich seine Augen davon unberührt blieben.

„An dich natürlich."

Ein leidenschaftlicher Kuss folgte.

„Ach Basti, immer sagst du nur so liebe Sachen."

„Und wenn es halt stimmt, was kann ich dafür?"

Seufzend ließ sie sich wieder neben ihn fallen.

„Du bringst mich immer ganz aus dem Konzept."

„Mh."

Nach einem kurzen Schweigen erhob Melina-Sophie erneut das Wort.

„Müssen wir da nachher wirklich hin? Ich würd viel lieber den Abend hier mit dir verbringen."

„Och, wieso denn? Das wird bestimmt ganz nett. Dann lernst du auch mal meine Freunde kennen."

„Ach, die brauch ich gar nich kennen...Ich brauch nur dich."

„Aber guck mal: Hier den ganzen Abend rumhängen is doch auch bisschen langweilig, oder?"

Sie schüttelte den Kopf und setzte eine bittende Miene auf, woraufhin Kümmering einen Moment überlegte.

„Ich hab mich da jetzt aber schon richtig drauf gefreut."

„Willst du da denn unbedingt hin?"

„Schon ganz gerne."

Schließlich gab sie seinem flehenden Blick nach.

„Na gut. Dann gehen wir da halt hin."

„Du, wenn du da jetzt auf gar keinen Fall hin möchtest, müssen wir auch nich."

„Doch, doch, is kein Problem."

„Ehrlich nich?"

„Nein, alles gut."

„Okay...Ja, da freu ich mich. Ich denk mal, das wird
bestimmt ganz lustig."

Ein paar Minuten später erschien Frau Kümmering in
der Zimmertür, um ihnen mitzuteilen, dass das Abendbrot angerichtet wäre – was man sogleich als Anlass dazu nahm, ihr an den eingedeckten Küchentisch zu folgen, wo sie sich seinen Eltern gegenüber niederließen.

Während des Essens sprach man überwiegend von
alltäglichen Dingen, wobei man in gewohnter Weise auf
Melina-Sophies Ausbildung im Einzelhandel zurück-
kam, ihre Berufsaussichten und langfristigen Pläne hierbei sorgfältig sezierend – Themen, deren Erörterung
Herr und Frau Kümmering wohl nie überdrüssig zu
werden schienen. Der Student behielt sich in solchen
Situationen stets vor, seinen Eltern das Voranbringen
der Konversation zu überlassen, was oftmals dazu führ-

te, dass diese ihn ermahnten, sich ebenfalls am Gespräche zu beteiligen.

Gegen Ende des Diners langte man bei einer ausführlichen Untersuchung der dem bevorstehenden Abend zugrundeliegenden Fakten an, welche den Initiatoren dieser Investigation unter anderem Aufschluss über die Lage des fraglichen Strandes, den ungefähren Ablaufplan, die Anzahl der dem Studenten dort näher bekannten Personen, sowie die prognostizierte Uhrzeit des angestrebten Veranstaltungsendes geben sollte. Als man Kümmerings Pläne betreffend seiner geplanten An- und Abreise näher inquirierte, erregte seine Idee einer Bahnfahrt die allgemeine Entrüstung seiner Erzeuger.

„Bist du denn des Teufels? Und dann nachts! Du weißt doch, was sich hier für Gestalten manchmal rumtreiben! Also, nee! Die jungen Leute heutzutage!" klagte Frau Kümmering, ihren Ehemann mit den Augen um Beistand bittend, der sich ihrem Standpunkt unverzüglich anschloss.

„Wie kommt ihr denn auf so was?"

„Naja, das bietet sich halt an, sag ich mal. Die Bahnstation is da mitten im Ort, und von da aus isses eigentlich gar nich weit dahin. Hab schon im Internet geguckt."

„Ihr fahrt da nicht mit Bahn hin. Und auch nicht wieder zurück. Ich bring euch da hin, und ihr ruft mich an, wenn ihr da fertig seid, dann hol ich euch da wieder ab. So nen Quatsch mit hier Bahn fahren mitten in der

Nacht...Und dann am besten noch abgestochen werden, oder was?!" setzte Herr Kümmering recht barsch hinzu, dessen einziges Kind nun etwas skeptisch vor sich hinblickte, als würde es gerade nach den passenden Widerworten suchen.

„Ach, da fällt mir grade ein, mein einer Kumpel fährt da tatsächlich mit seinem Auto hin, deshalb denk ich mal, könnte der uns bestimmt auch nachhause fahren."

„Welcher Kumpel?"

„Felix."

„Und der fährt da mit Auto hin?"

„Ja, genau. Wär doch auch praktischer, Papa, dann müssen wir dich nich mitten in der Nacht ausm Bett scheuchen."

Herr Kümmering machte einen etwas ungläubigen, wenn nicht gar misstrauischen Eindruck.

„Und der is auch vertrauenswürdig?"

„Das allemal."

„Dann darf der aber auch nichts trinken."

„Da pass ich schon auf."

„Wieso der ganze Stress, wenn Papa euch doch einfach abholen könnte?"

„Naja, so is doch auch entspannter für euch. Papa kann uns ja hinfahren, das wäre ja machbar." antwortete Kümmering seiner Mutter.

„Was in deinem Kopf vorgeht, würd ich auch gern mal wissen." stöhnte Herr Kümmering, das Thema damit zu seinem vorläufigen Abschluss bringend.

Nach Beendigung des Abendmahls zogen sich der Student und seine Freundin wieder in dessen Gemächer zurück, wo man sich noch einen Augenblick auszuruhen gedachte, bevor man sich für jene Festlichkeiten zurechtmachen würde – sodass man nach rund einer Viertelstunde Herrn Kümmering benachrichtigen konnte, dass man abfahrtbereit wäre. Zur Verabschiedung kniete sich der junge Mann seiner Routine gemäß zu seinem Liebling herunter, dessen weiches Fell noch ein letztes Mal streichelnd, ehe er jenen folgenschweren Schritt durch seine Wohnungstür machte.

IX

Francis Poulenc

Les biches:

Rondeau

Träge der mühsamen Konversation seiner beiden Fahrtbegleiter lauschend – die sich etwas lautstarker als üblich ausnahm, da Kümmering den Beifahrersitz für sich beansprucht hatte – betrachtete der Student die vorüberziehenden, vom abendlichen Sonnenschein in goldbraune Röcke gehüllten Wiesen, deren königlicher Aufputz stetig von den langen, spitzen – Raubtierfängen nicht unähnlichen – Schatten der straßenflankierenden Bäume zerreißt zu werden drohte.

Jenes idyllische Landschaftsbild hätte genauso gut von den Händen eines Gainsborough oder Constable stammen können, gäbe es da nicht ein gewisses Bildelement, welches dem aufmerksamen Betrachter ermöglicht hätte, sowohl den einen, als auch den anderen Herrn als potenziellen Urheber dieser Komposition sofort auszuschließen. Bei dem fraglichen Objekt handelte es sich um die sterblichen Überreste eines aufgrund des Straßenverkehrs zu Tode gekommenen Tieres, welches den jungen Mann durch seinen markanten Realismus daran hinderte, eine nähere Definition der Gattung vorzunehmen, da ihn dies unerträgliche Sujet schleunigst seinen Blick davon abwenden ließ, sobald er es als das solche erkannt hatte.

Als man die Ortseinfahrt von H... passiert hatte, lotste Kümmering seinen Vater mittels des Navigationssystems seines Telefons durch ein paar Querstraßen zu dem schotterbedeckten Parkplatz vor dem Strandaufgang, dessen opulente Deichanlage ihnen die Sicht auf die womöglich dahinter liegenden Feierlichkeiten jedoch strikt verwehrte. Argwöhnisch musterte Herr Kümmering die um ihn liegende Szenerie.

„Und hier soll das sein?"

„Anscheinend. Das ist die Stelle, die Johannes mir geschickt hat." antwortete ihm sein Sohn in seiner teilnahmslosen Manier, so wie er aus dem Auto gestiegen war.

„Ach, und der Johannes, der is auch schon da?"

„Ja, genau, mit dem hatte ich eben noch kurz geschrieben."

„Achso, alles klar...Dann kommt, ich bring euch noch hin. Nicht, dass da am Ende keiner is und ihr hier wie die Dorftrottel dumm rumsteht."

Kümmering runzelte die Stirn.

„Nee, alles gut, die werden schon da sein. Johannes hat mir ja eben auch noch geschrieben, dass die da sind."

„Also soll ich nich kurz mitkommen?"

„Nee, brauchst du nich. Die sind da ja."

„Na gut, Basti, wenn du meinst...Wie gesagt, ihr braucht mich nur kurz anklingeln, dann komm ich gleich und hol euch ab. Egal welche Uhrzeit."

„Ja, alles gut. Wir haben ja einen, der uns fährt."

„Ich kanns nur anbieten. Braucht ihr noch Bargeld?"

„Alles gut, ich hab genug dabei."

„Du, Melina-Sophie?"

Die Angesprochene schüttelte den Kopf, sodass Herr Kümmering sich wieder an seinen Sohn wandte.

„Na komm, hier hast noch zwanzig Euro, für alle Fälle."

Der Student erhob abwehrend seine Hand.

„Ich brauch nix, alles gut."

„Ehrlich nich?"

„Ich hab genug, keine Angst."

„Na gut, dann weiß ich auch nicht weiter...Wie gesagt: Macht euch n schönen Abend, und wenn ihr mich braucht, ruft einfach durch, dann bin ich da."

„Jo, machen wir."

„Na gut, dann erstmal bis später."

„Ja, genau, bis später...Jo, Tschüss."

Nachdem Kümmering abgewartet hatte, bis seines Vaters Auto schließlich hinter der Straßenbiegung verschwunden war – bis wohin dieser zur Verabschiedung noch einige Male die Hupe betätigt hatte – signalisierte er seiner Freundin, dass sie sich nun auf den Weg machen könnten.

Auf der anderen Seite des Deiches erschloss sich ihnen ein Trampelpfad, der sie zwischen mannshohen Gräsern hindurch in jenen schmalen Waldstreifen führte, welcher den Strand vom Hinterland trennte. Mit jedem Schritt durch das sandige Strauchwerk schien der Basston einer fernen Musikbox spürbarer zu werden, was dem Studenten nicht zuletzt etwas Beruhigung verschaffte, da es eine unwillkommene Wendung der Dinge zunehmend unwahrscheinlicher machte. Um sich hierfür Gewissheit zu verschaffen, trat man hinaus in die breiten Sandmassen – welche größtenteils schon vom Schatten der hinter ihnen liegenden Wand aus Gestrüpp überzogen worden waren – wo man in nicht allzu weiter Entfernung eine Gruppe von ungefähr zwanzig Leuten ausmachen konnte.

Neugierig wandte sich der eine oder andere Kopf nach ihnen um, wie sie sich langsam der lose verteilten Zusammenkunft näherten, deren Mitglieder sich, wie die Bienen vom süßen Blütenduft, offenbar von vereinzelt stehenden Bierkästen angezogen fühlten. Reihum ausgebreitete Handtücher, Rucksäcke und Flaschen zeugten von der geraumen Zeit, die seit Beginn der Veranstaltung mittlerweile verstrichen sein musste, wobei die Stimmung unter den Anwesenden den jenem Eindruck angemessenen Grad an Ausgelassenheit erreicht zu haben schien.

Bevor man sich jedoch zum Dreh- und Angelpunkt jenes Treffens vorgekämpft hatte, welcher sich unmissverständlich in der Person Sandro Meyers auszudrücken vermochte, kamen sie an der fürstlich schimmernden Gestalt des Johannes Flitz vorüber, welcher sich recht am Rande aufgehalten hatte (als würde er hierdurch sein eigenes Anziehungsfeld nicht mit dem seines Gastgebers in Konflikt bringen wollen) und der sie durch seine feierliche Begrüßung samt der dadurch erforderlichen Vorstellung Melina-Sophies prompt an einem weiteren Vorankommen hinderte.

Obschon dem Studenten die Anwesenheit Alina Riefenstahls und ihres Freundes nicht entgangen war, schob er das nötige Zeremoniell erst einmal so weit hinaus, bis er sich des Veranstalters Wohlwollen gegenüber seiner unangekündigten Teilnahme versichert hatte. Dieser schien ihr Vorsprechen bereits zu erwarten, denn wie das junge Paar näher auf ihn zutrat, unterbrach Meyer sogleich seine Hofhaltung, um ihnen einen würdevollen Empfang zu bereiten – woraufhin man die üblichen Gepflogenheiten austauschte, einander vorstellte und das obligatorische Gastgeschenk überreichte: Kümmering hatte hierfür ein Pack einer besonders zu festlichen Anlässen geeigneten Marke alkoholischen Safts erstanden, infolge dessen sich der Gastgeber in einer besonders guten Laune zu befinden schien, als er den Studenten zu einer kurzen Privataudienz abseits seiner Gefolgschaft führte.

„Basti...Ich weiß gar nich, wie ich mich hier jetzt am besten ausdrücken soll...Du, ich freu mich natürlich, dass hier seid...und auch über das Geschenk natürlich, sehr nett von dir, übrigens...Aber ich muss gestehen, ich hätte mich schon mehr darüber gefreut, wenn man mich vorher darüber informiert hätte, wenn man zu meiner Feier kommt-"

146

Da er erkannte, dass Kümmering etwas zu seiner Verteidigung sagen wollte, gebot er ihm mit erhobener Hand, darin innezuhalten.

„Versteh das bloß nich falsch, ihr könnt natürlich hier bleiben und alles. Aber fürs nächste Mal...Schreib mich doch einfach an: „Jo Sandro, ich würde auch ganz gerne zur Feier kommen, sind noch genügend Plätze frei, ich würde noch meine Freundin mitbringen wollen, wenn das okay wäre." Alles kein Problem! Nur damit man schon mal weiß, mit wem und wie vielen Leuten man zu rechnen hat. Weil es könnte auch sein, dass wir nachher noch zu mir in den Garten gehen, und ich weiß halt nich, ob da auch genug Plätze für alle sind, oder auch mit den Nachbarn wegen Lärmbelästigung...Du weißt, was ich mein."

Mit einem billigenden Nicken gestattete Meyer seinem Gegenüber nun das Wort.

„Ja, was soll ich dir sagen, Sandro...Das stimmt schon so alles, was du sagst...Ich hätte mich echt einfach bei dir melden sollen, ja. Tut mir leid, dass das Ganze so gelaufen is. Wird auf jeden Fall nicht nochmal vorkommen...Du musst wissen, ich wusste nicht zu hundert Prozent, ob du derjenige bist, der die Party veranstaltet, und ich hatte das so von Alina verstanden, dass das quasi so ne offene Sache is, wo eigentlich jeder kommen kann."

„Nee, nee, das is hier eigentlich schon ne geschlossene Gesellschaft. Auch wenns vielleicht nich so aussieht."

„Ah, okay...Ja, macht auch Sinn...Tja, Sandro. Ich hoffe, du bist nicht allzu sauer auf mich-"

„Ach, alles gut! Nur fürs nächste Mal: Einfach Bescheid sagen."

„Ja. Merk ich mir."

Die kraftvoll aufeinanderprallenden Hände erweckten wie gewohnt jedermanns Aufmerksamkeit.

„So! Aber jetzt bedient euch erstmal an den Erfrischungen. Wir haben vorhin auch gegrillt, da müsste sicherlich noch was übrig sein, also wenn ihr Hunger habt."

Meyer sprach dies ebenfalls an Melina-Sophie gewandt, da er mit ihrem Freund von jener Unterredung inzwischen wieder zu den übrigen Gästen zurückgekehrt war.

„Alles gut, wir haben grad schon gegessen." deklarierte Kümmering unverzüglich.

Bemüht, seine Verstimmung möglichst zu verbergen, gab der Student seiner Begleitperson zu verstehen, dass sie sich nun zu seinem näheren Bekanntenkreis gesellen könnten, wofür er ihren Weg ohne Umschweife auf Riefenstahl und Felix lenkte. Während sich letzterer bei der Vorstellung des neuen Mitglieds ihrer gemeinsamen Freundesgruppe sehr charmant und sogar etwas schelmisch gab, legte erstere eine gewisse Flüchtigkeit in ihr

Gebaren, die man fast als Zurückhaltung hätte deuten können – wenngleich ihre Mimik die liebreizendste Aufrichtigkeit bezeugte.

Die darauffolgende Unterhaltung war von einem größtenteils oberflächlichen Charakter geprägt, der neben banalen Äußerungen zur Festivität auch nähere Interessensbekundungen bezüglich Melina-Sophies Werdegang beinhaltete, die jedoch hauptsächlich von Riefenstahls Freund ausgingen – und alsbald ein rasches Ende nahmen, als der hinzutretende Herr, der dem Anschein nach die ganze Fracht eines spanischen Schatzschiffes an sich hängen hatte, die Konversation auf Themen lenkte, die entweder ihn selbst, oder alle betrafen.

Kurze Zeit später erweckte die Ankunft dreier weiterer Gäste, bei welchen es sich – wie der Student erstaunt feststellen musste – um Clara Behrends, ihre Freundin Tamara, und einem eher bescheiden wirkenden Männchen (welche letztere an ihrer Hand mit sich führte) handelte, erneut die allgemeine Neugier. Sobald sich dafür die passende Gelegenheit ergeben hatte, suchte das Mädchen mit den gelangweilten Brauen ihren Kommilitonen auf, der sich mittlerweile mit seiner Freundin etwas abseits seiner vorherigen Gesprächsrunde befand. Wie man einander nun anstandsgemäß vorgestellt hatte, kam man nach ein paar netten Einstiegsworten baldigst auf Behrends' neue Wohngemeinschaft zu sprechen.

„Also Lage und so sind echt top. Auch die Räume und alles...Nur das Ding is halt, direkt unter uns wohnen paar Nutten, und manchmal irren sich die Kunden halt im Geschoss."

„Und klingeln dann bei euch?"

Behrends bestätigte Kümmerings zunächst ungläubige Fragestellung.

„Ich weiß noch", fügte sie spöttisch hinzu, „neulich meinte mal einer, warum ich nich selber als eine anfange. Bei mir würden ja schließlich alle Schlange stehen, meinte er."

Ihre beiden Gesprächspartner rümpften gleichsam die Nase über solch abscheuliche Phrasen.

„Und fertig sehen die immer aus. Kann man sich nich ausdenken."

„Puh...Ja, übel, Clara. Willst du da denn wohnen bleiben?"

„Doch, klar. Studium geht ja eh nich mal mehr zwei Jahre. Und die Miete is halt schön günstig."

„Ah, ja, okay. Ja, das is halt immer n Argument, ne."

„Ja, wir machen auch-Ach, siehst, du weißt noch gar nichts von der Party, oder?"

Verdutzt neigte Kümmering den Kopf.

„Welche Party denn?"

„Wir machen demnächst nämlich ne Party bei uns in der WG."

„Ah, cool! Quasi wie so ne Einzugsparty für dich?"

„Ha! Ja, könnte man fast so bezeichnen. Ihr seid beide herzlich eingeladen."

Melina-Sophie bedankte sich recht förmlich, wohingegen ihr Freund sich noch einen kleinen Spaß erlaubte.

„Ach, so ganz informell, ohne Karte, ohne alles? Woher soll ich dann wissen, wann und wo die is?"

„Wir erstellen eh noch sone Chatgruppe...Ja, für dich, Sebastian, für dich mach ich dann noch extra ne einzelne Einladungskarte fertig."

„Schickst du mir die dann auch per Post zu?"

„Klar, was denkst du denn. Zur Not auch per Fax."

„Ha ha! Ja, ich bin gespannt, Clara...Oh, warte mal, ich glaub, Sandro will was sagen."

Jedermanns Aufmerksamkeit galt mit einem Male wieder dem Gastgeber, der seiner Entourage zu verkünden wünschte, dass man zur abendlichen Unterhaltung nun ein Trinkspiel veranstalten werde, deren Teilnahme jedem offen stand. Es handelte sich hierbei um eine Art Wurfspiel, bei welchem sich zwei Teams gegenüber stehen würden, wobei sich auf halber Strecke zwischen ihnen eine leere Flasche befände, die es mit einem Ball abwechselnd umzuwerfen galt – in welchem Fall das Team des Treffers so lange Zeit hätte, die eigenen Getränke zu leeren, bis jemand aus der gegnerischen Mannschaft das Glasgefäß wieder aufgestellt hätte und zu seinem Platz zurückgekehrt wäre; folglich gewann dasjenige Team, deren Mitglieder als erstes ihre jeweiligen Getränke vollständig ausgetrunken hätten.

Flugs hatten sich genügend Spieler hierfür gefunden, sodass sich diejenigen Gäste, die sich gegen eine Teilnahme entschieden hatten, nun in kleinen Sitzgruppen zusammenfanden, um dem ungewöhnlichen Spektakel beizuwohnen. Kümmering, dem der Sinn ebenfalls nicht nach körperlicher Betätigung gestanden hatte, ließ sich mit seiner Freundin auf einem der ausgebreiteten Handtücher nieder, auf welchem daraufhin auch Flitz und Riefenstahl ihren Platz fanden, und von wo aus man eine uneingeschränkte Sicht auf den Verlauf der Partie (und insbesondere Felix' tatkräftigen Einsatz) genoss, wenngleich dies nicht das Hauptthema ihres Gespräches bilden sollte; vielmehr erzählte man sich humorvolle Anekdoten aus jedermanns persönlicher Historie, deren komödischer Effekt in nicht geringem Maße der fortgeschrittenen Alkoholisierung der Beteiligten zuzurechnen war.

Flitz trieb es mit seinen Späßen sogar so weit, dass er, so wie er Riefenstahl jenes Mischgetränk zurückgegeben hatte, von welchem er sich zuvor eine Kostprobe erbeten, den kühnen Ausspruch tätigte, diesen Vorgang als einen indirekten Kuss zu bezeichnen. Das mondäne Fräulein beantwortete dieses geistreiche Bonmot ihres gewitzten Mitbewohners indessen auf ihre gewohnt kokette Art, sodass jener Vergleich schließlich von allen als harmloser Spaß aufgefasst und abgetan wurde. Überdies trug Kümmering seiner Freundin gegenüber eine ungeahnte Zärtlichkeit und Wärme zur Schau, welche ihn Riefenstahls verstohlene Seitenblicke mit reichlich Genugtuung aufnehmen sahen.

Diese kytheranische Stimmung wurde jedoch durch einen höchst unglücklichen Vorfall in ihrer idyllischen Ungestörtheit unterbrochen, der sich folgendermaßen zugetragen hatte: Felix, der den absehbaren Sieg seines Teams noch immer mit feurigem Eifer vorantrieb, verfehlte das angepeilte Objekt – zu jedermanns Erstaunen – bei seinem jüngsten Wurf leider in einem solchen Ausmaß, dass das Wurfgeschoss stattdessen seine eigene Freundin traf, welche gerade einen Schluck ihrer Wodkamischung einzunehmen gedachte, welche sie nun unfreiwillig über ihre gesamte Kleidung verschüttete.

Der arme Teufel eilte sofort herbei, um sich für dieses Missgeschick zu entschuldigen und sich nach dem Wohlbefinden der Betroffenen zu erkundigen, welche nach anfänglichen Wehklagen über den ruinösen Zustand ihrer Toilette letzten Endes einen versöhnlicheren Ton anschlug, infolgedessen die Partie schon wenig später fortgesetzt ward und ihr baldiges Ende finden konnte – woraufhin die Abendgesellschaft wieder zu einer angenehmeren Gesprächsatmosphäre zurückkehrte.

Jegliches Sonnenlicht hatte sich bereits hinter den dunklen Vorhang aus rauschendem Blattwerk geflüchtet, während sich der Übergang vom bernsteinfarbenen Horizont zum nächtlichen Königsblau deutlicher am Himmel abzuzeichnen begann. Ein Großteil der Gäste hatte unterdessen angefangen, sich mit denen ihnen jeweils unbekannteren Gesichtern näher zu unterhalten, wobei es jedoch auch manche Gruppierungen gab, die lieber geschlossen unter sich blieben – so hatte es Flitz beispielsweise vorgezogen, eine der anwesenden Damen mit seiner geckenhaften Galanterie zu amüsieren, wohingegen Kümmering und Melina-Sophie zunächst dem Kreise um Behrends einen Besuch abstatteten, bevor man erneut mit Riefenstahl vorliebnahm, deren Freund sich bislang nicht von einer Runde sportlich anmutender Herren lossagen konnte.

Der stetige Alkoholkonsum schien die Teilnehmer zunehmend ihres Zeitgefühls beraubt zu haben, weshalb es ihnen unerwartet früh erschien, als Meyer den anstehenden Aufbruch bekanntgeben ließ, wenngleich es mittlerweile kurz nach elf schlug. Als der Student sich auf einmal am hinteren Ende eines durch verschwommenes Gehölz streifenden Trosses wiederfand, erkundigte er sich vorsichtshalber bei der Person vor ihm nach dem eigentlichen Ziel ihrer Reise, da er Meyers Ansprache nur mit halbem Ohr zugehört hatte. Man antwortete ihm, dass man aufgrund der hohen Anzahl an Leuten nun doch nicht in des Gastgebers Garten weiterfeiern werde, sondern auf die Räumlichkeiten der örtlichen

154

Dorfdisko zurückgreifen werde, welche an diesem Abend ganz H... ihre Tore geöffnet hatte.

X

Zoltán Kodály

Háry János:

Ouvertüre

[00:00 — 04:25]

Blasse Pfützen milchigen Neonlichts – so verstreut wie die Inseln eines pazifischen Archipels – bedeckten die von Wohnhäusern gesäumten Seitenstraßen, welche jene unüberhörbare Prozession auf ihrer bacchantischen Pilgerfahrt durchwanderte. Wegen der Vielzahl an Teilnehmern war man zur Fortbewegung von den schmalen Gehwegen auf die Straße ausgewichen, was jedoch insofern kein Problem darstellte, da man sich noch in einer verkehrsberuhigten Zone befand und man sich im Falle eines heranschleichenden Autos gegenseitig darauf aufmerksam machte, dieses vorbeizulassen. Sobald man an der Hauptstraße anlangte, welche überdies als H...'s zentrale Verkehrsachse fungierte, musste man diese Praktik jedoch einstellen, da man nun mit deutlich schnelleren Fahrzeugen zu rechnen hatte.

Keck und betont jung geblieben prangten die Worte „Musikschuppen H..." auf jenem Schild über dem Eingang eines großen Gebäudekomplexes aus gemauertem Fachwerk, vor welchem die Gesellschaft als dem Schlusspunkt ihrer Reise letztlich Halt machte. Vor der breiten Hausfront tummelten sich neben den zahlreichen Jugendlichen – deren kindliche Münder entweder an Flaschenhälsen oder Zigaretten hingen – einige Grüppchen schäbig aussehender Menschen, welche das Mindestzutrittsalter von sechzehn Jahren schon seit geraumer Zeit hinter sich gelassen hatten, sowie einer

Handvoll Sicherheitsmänner, welche für ein reibungsloses Miteinander Sorge trugen.

Nachdem man auf dem großflächigen Parkplatz noch die restlichen Flaschen geleert und auf die Ankunft der letzten Nachzügler gewartet hatte, stellte man sich schließlich an die relativ kurze Warteschlange vor dem Einlass, von wo aus man verhältnismäßig unkompliziert (denn Abendkarten gab es im „Musikschuppen" stets genug) in den breiten Verbindungstrakt gelangte, welcher die mehreren Säle miteinander verband. Wie nun jedermann seine Jacken und Wertgegenstände bei der Garderobe abgegeben hatte, suchte man den nächstgelegenen Bartresen auf, an welchem Meyer seiner gesamten Gefolgschaft noch einmal eine letzte Runde spendierte, bevor sie sich unweigerlich fragmentieren würde.

Als dieser Prozess bereits einen gewissen Punkt erreicht hatte, schien auch der Student Lust zu bekommen, sich ein genaueres Bild von seiner Umgebung zu verschaffen – zu welchem Zweck er seine Gefährten fragte, ob sie sich diesem Vorhaben anschließen würden. Felix, Riefenstahl und Melina-Sophie erklärten sich dieser Idee gegenüber sehr wohlgesonnen, jedoch bezeugte Flitz diesbezüglich einen gewissen Unwillen, was allerdings nicht zuletzt darauf zurückzuführen war, dass er sich noch immer mit jener Dame im Gespräche befand, welche er zuvor am Strand kennengelernt hatte – sodass er mit ihr allein zurückblieb, während sich die anderen vier auf den Weg machten.

Es sollte sich herausstellen, dass ihnen der „Musikschuppen" nebst dem umfangreichen Angebot an Sitzbereichen und Ausschänken gleichfalls einen Barkeller, einen Außenbereich, Raucherräume und sogar ein Restaurant bieten konnte, was im Großen und Ganzen einen durchaus positiven Eindruck auf die jungen Leute gemacht hatte, als diese sich letzten Endes in dem als Hauptsaal zu identifizierenden Gebäudeabschnitt zum Tanzen einfanden.

Filigrane Traversen zogen sich rippenartig durch die längliche Halle wie ein riesiger Brustkorb, in dessen Zentrum jenes dumpf dröhnende Herz unter den unruhigen Händen zweier jünglingshafter Herren fortwährend seinen Pulsrhythmus zu ändern schien. Gut eine Viertelstunde nach Beginn ihrer schweißtreibenden Aktivität begaben sich die beiden Paare auch schon an die rustikale Theke am anderen Ende des Raumes, welche dem Pult der beiden DJs genau gegenüberlag, und wo man sich prompt einige hochprozentige Drinks bestellte.

Wie man bei deren Konsumierung nun ab und an einen schweifenden Blick über die bunt leuchtende Kulisse warf, bemerkte Melina-Sophie plötzlich ein ihr bekanntes Gesicht in der stetig hinein- und hinausströmenden Menschenmasse, was sie sogleich dazu veranlasste, sich mit gedämpfter Stimme an ihren Freund zu wenden.

„Oh Gott, ich glaub mein Ex is hier."

„Hier, im Club?"

„Ja, genau. Der ging da grad lang. Hat mich aber nich gesehen, glaub ich."

„Mhm...Was schlägst du vor? Willst du gehen?"

„Ach, Quatsch. Ich lass mir doch von dem nich den Abend verderben."

„Ah, sehr schön...Ja, ich denke, das is auch die richtige Einstellung." bestätigte der Student.

Infolge der nochmaligen Flüssigkeitszufuhr äußerte Felix das akute Bedürfnis, einem seiner körperlichen Signale mit einiger Dringlichkeit nachkommen zu müssen – ein Ansinnen, dem Kümmering sich nur allzu gerne anschloss.

Auf dem Weg zur Toilette wurden sie indessen von einer jungen Dame aufgehalten, welche sich auf recht nonchalante Weise die Aufmerksamkeit der beiden Herren zu verschaffen suchte, von denen sich einer als eine alte Bekanntschaft herausstellen sollte. Felix zeigte sich diesem unverhofften Wiedersehen gar zu euphorisch gegenüber, was unter anderem auch mit den exzentrischen Gebärden und unverhohlenen Umwerbungen jener Weibsperson zusammenhing, welche offensichtlich von einer sehr fortgeschrittenen Trunkenheit herrührten, mutmaßlich aber auch von anderen Substanzen verursacht worden sein könnten.

Da Kümmering irgendwann den Eindruck bekam, diesem Tête-à-Tête vor aller Augen schon etwas zu lange beigewohnt zu haben, kündigte er seinem Begleiter seinen vorzeitigen Aufbruch zur Herrentoilette an, dem sich letzterer dann doch unerwarteterweise anschloss, indem er seinem Liebchen ein späteres Wiedersehen versicherte.

Wie sie nun verrichteter Dinge zu ihren Partnerinnen zurückkehrten, fanden sie neben diesen gleichfalls ein ihnen unbekanntes männliches Subjekt an jenem Stehtisch vor, dessen Interesse wohl voll und ganz dem Mädchen mit den angewinkelten Augen galt. Als Riefenstahl ihm unmissverständlich verdeutlichte, dass es sich bei dem größeren der beiden hinzutretenden Herren – welcher ihn im Übrigen auch unverwandt anstarrte – um den ihr zugehörigen handelte, machte sich der unwissende Prätendent jedoch schleunigst wieder davon.

Ein paar Kommentare über diese amüsante Episode später wurde der Wunsch nach einem erneuten Besuch der Tanzfläche laut, welchem man alsbald nachgab und wo sich der Student auch nach rund zwanzig Minuten noch immer befand, als seine Freundin ihn höflichst darum bat, sie zur Toilette zu begleiten. Während er vor jenem Raum darauf wartete, dass Melina-Sophie ihre Angelegenheit zu Ende bringen würde, warf Kümme-

162

ring einige neugierige Blicke in einen weiteren, auf den Verbindungsgang mündenden Saal, von dessen Besichtigung er seine Begleitung nach ihrer Rückkehr überzeugte, und wo sie wenig später in einem gedimmt beleuchteten Sitzbereich Flitz mit seiner neuen Liaison in einer kompromittierenden Haltung fanden.

„Alles gut, lasst euch nich stören." erklärte Kümmering scherzhaft, sich unbeeindruckt mit an den niedrigen Tisch setzend.

Die frisch Verliebten beendeten ihre innigen Zuneigungsbekundungen und begaben sich in eine gesprächstauglichere Position, woraufhin man sich über den bisherigen Eindruck des neuen Aufenthaltsortes auszutauschen begann, was beispielsweise Musik oder Publikum betraf. Wie es sich bei besten Freunden oftmals zuträgt, entwickelte sich diese ursprünglich gleich berechtigte Runde schnell zu einem Zwiegespräch der beiden Studenten, zu welchem sich zwangsläufig eine parallele Unterhaltung der beiden Damen entspinnen musste. Nachdem er für einen Moment stillschweigend in sein Telefon gestarrt hatte, hielt Flitz dieses nun seinem Kameraden hin.

„Oh, guck mal, das hat Paul mir eben geschickt." sprach er hierbei, sich damit auf Paul Neumann beziehend.

Mit gerunzelter Stirn betrachtete Kümmering jenes kurze Video, auf welchem sich der fragliche Herr offenbar mitten in dem verschwitzten Dickicht eines sehr bizarren Nachtclubs befand, unzusammenhängende Phrasen und Laute von sich gebend, die er mit seinem schrillen Gelächter beschloss – welches zusätzlich beinahe von einem grollenden Bass übertönt worden wäre.

„Ah, ja," sprach der Student schließlich, „der Mann hat wohl seinen Spaß."

„Offensichtlich."

„Ich glaub, er meinte, er sei übers Wochenende in Hamburg."

„Ja, das erklärt einiges...Du, sag mal, Basti, kennst du eigentlich den Typen dahinten? Der guckt dich schon die ganze Zeit an."

Erwartungsvoll wandte Kümmering sich um und begegnete in einiger Entfernung sogleich dem starren Blick eines sehr kräftigen Herrn von ungefähr seinem Alter.

„Keine Ahnung, wer das is. Wie guckt der denn?...Also, manche Leute."

Da jene Person ihr höchst unschickliches Verhalten schlichtweg nicht einstellen wollte, sah sich der Leidtragende letztlich dazu veranlasst, seinen Tischgenossen (selbstverständlich unter einem anderen Vorwand) die Idee zu unterbreiten, sich in dem dortigen Tanzbereich etwas Bewegung zu verschaffen. Sich nahe bei seiner Gruppe haltend, spähte der Student gelegentlich nach seinem schweigsamen Beobachter, welcher jedoch schon nach wenigen Minuten seinen Platz verlassen haben

164

musste, da er ihn dort alsbald nicht mehr ausfindig machen konnte – was ihn im Übrigen insoweit beruhigte, als dass er seine Freundin zeitnah dazu einlud, ihn in den Außenbereich zu begleiten, wo man endlich den Wonnen des Tabaks frönen können und gleichzeitig etwas frische Luft genießen würde. Melina-Sophie lehnte es indessen ab, dieser spontanen Anwandlung Folge zu leisten, da ihre freizügige Kleidung ihr einen dortigen Aufenthalt im Nu vergällen würde, wobei Kümmering ferner davon absah, Flitz und seiner weiblichen Begleitung selbiges Anliegen vorzutragen, da diese sich mittlerweile so sehr in ihren Liebkosungen verloren hatten, dass es anmaßend wäre, sie darin zu stören.

„Dann bleib halt hier bei Johannes. Ich komm gleich wieder." zischte er und verschwand in jenem Maelstrom bunt vermengter Körper.

Lässig blies Kümmering den Rauch vor sich her, als er bemerkte, wie gerade einer der nahe gelegenen Stehtische frei wurde – welchen er eiligst für sich beanspruchte, da es angenehmer war, sich mit den Ellenbogen darauf abzustützen, statt sich an die kalte Außenmauer des „Musikschuppens" zu lehnen. Mit der Zeit konnte er infolge seiner recht sommerlichen Garderobe Melina-Sophies Bedenken bezüglich der nächtlichen Außentemperaturen gut nachvollziehen (was sich bei ihm im Endeffekt sogar in einem leichten Zittern zu äußern begann), weshalb er umgehend seinen Rückweg antrat, so wie er seinen Zigarettenstummel in dem metallenen Aschenbecher ausgedrückt hatte.

Sich eifrig die entblößten Oberarme reibend, drängte sich der Student durch das dichte Gemenge an den anderen Gästen vorbei, von denen ihn einer herausfordernd als „Schwuchtel" bezeichnete, jedoch abgesehen von einem missbilligenden Gesichtsausdruck keinerlei Reaktion von ihm erhielt. Zurück in den stickig warmen Gemächern des „Musikschuppens", erspähte er im Vorübergehen Clara Behrends im Kreise ihrer Freunde, welche sich – an einem Tisch mit Sitzbänken einander gegenübersitzend – gerade an ihren jüngst bestellten Getränken zu erfreuen gedachten. Indem er den freien Platz neben seiner Kommilitonin für sich beanspruchte, gesellte Kümmering sich kurzerhand hinzu.

„Woher kennt ihr euch eigentlich? Also du und Lina-Sophia, oder wie sie hieß." fragte Behrends an einem gewissen Punkt des Gesprächs.

„Ha ha! Melina-Sophie, meinst du...Ja, was soll ich dir sagen. Tatsächlich übers Internet."

„Ah…Okay. Freut mich. Hier, eine Bekannte von mir, die haben sich auch übers Internet kennengelernt."

„Ah, sehr schön."

„Wobei, warte mal: Tamara? Du und Noel doch auch, ne?"

Die Angesprochenen flüsterten sich zunächst eine weitere ihrer süßen Nichtigkeiten zu, bevor sich erstere auf ihre Antwort konzentrieren konnte.

„Hm?...Achso, ja, genau. Übers Internet."

„Siehst du, mir war doch so."

„Warst du schon mal auf so was?" erkundigte sich der Student.

„Ich? Nee, noch nie."

„Keine Lust gehabt?"

„Naja, was heißt keine Lust. Ich hatte nich so richtig den Anreiz dazu."

„Ah...Naja, ich mein, man lernt ja auch Leute im echten Leben kennen. So is es ja nich."

„Ja, genau."

„Nur halt schwieriger." konnte sich Kümmering nicht enthalten, hinzuzusetzen.

„Tja, da hast du wohl recht...Naja! Wie die Dinge halt so laufen."

„Du sagst es."

Wie man um des Anstands Willen nun den Blick voneinander wandte, sah sich der junge Mann für einen Moment in der lärmenden Szenerie um, wobei er zwischen all den Leuten erneut jenes unbewegliche Augenpaar bemerkte.

„Och, das kann doch nich wahr sein."

„Hm?"

„Guck mal dahinten, der Typ, Clara, der starrt mich schon den ganzen Abend an. Kein Plan, was der von mir will. Der da rechts an der Bar."

„Wer?...Ah, der da, ja, ich seh...Was willst du tun?"

„Keine Ahnung. Wohl darauf warten, dass er kommt."

„Ach, was soll denn da bei rauskommen."

Kümmering zuckte stumm mit den Schultern.

„Pass auf, ich geh da mal hin zu dem." verkündete Behrends mit einem Male.

„Ach, lass doch...Nich, warte!"

Des Studenten Worte konnten die entschlossene junge Dame allerdings nicht mehr von ihrem Vorhaben abbringen, weshalb er sie schon wenig später angespannt dabei beobachten musste, wie sie jenem Herrn dem Anschein nach recht energisch die Leviten las – sodass dieser sich letzten Endes sogar von seinem Platze erhob, um sich unverzüglich zu entfernen.

„Und?" fragte er Behrends, sobald sie wieder an den Tisch zurückgekehrt war.

„Er meinte, er hat erst gedacht, er würde dich kennen, hat dich aber dann doch verwechselt."

„Hm, komisch. Ich kenn den halt absolut nicht."

„Vielleicht ja von früher oder so. Manchmal vergisst man Leute auch."

„Von früher...Also, ad hoc fällt mir da keiner ein. Naja, was solls."

168

Nachdem man sich noch für einen Augenblick über das Phänomen der Prosopagnosie unterhalten hatte, äußerte Kümmering sein Bestreben, seine Freundin nicht noch länger warten lassen zu wollen – woraufhin er sich von der Bank erhob und gemächlich seinen Rückweg begann, Behrends' gedankenverlorenen Blick noch lange im Nacken.

Erfolglos musste der Student nach seinen Bekannten Ausschau halten, dabei jene Tanzfläche umkreisend, wo er sie zuletzt gesehen – was ihn gezwungenermaßen dazu veranlasste, zunächst in den Sitzbereichen nachzusehen und schließlich in den Hauptsaal zurückzukehren, wo er seine Freundin glücklicherweise in der Obhut Riefenstahls und Felix' wiederfand. Sich für seine lange Abwesenheit entschuldigend, erkundigte er sich bei Melina-Sophie über den Verbleib Flitzens und dessen Begleitung, worüber er die Auskunft erhielt, dass diese bereits vor einigen Minuten das Lokal verlassen hätten, weshalb sie sich vorsichtshalber wieder in den Hauptsaal zu Riefenstahl begeben hatte, da sie ihren Freund im Außenbereich ja nicht ausfindig machen konnte – ein Umstand, für den sich der junge Mann nochmals entschuldigte, indem er auf die Ausrede zurückgriff, sich noch für eine Weile mit einem Kumpel unterhalten zu haben.

Überdies verblieben sie nicht lange dort, denn schon nach drei gespielten Liedern äußerte Melina-Sophie ihre

Intention, sich ein weiteres Getränk an der Bar bestellen zu wollen, zu welchem Zweck ihr Freund sie dorthin begleitete, wobei letzterer auf dem Weg dorthin jener exzentrischen Dame ansichtig wurde, welche zu Beginn ihres Besuches ihre starke Affinität für Felix bekundet hatte – und welche sich offenbar erneut nach ihm umzusehen schien. Sofort erkannte Kümmering seine Chance und trat rasch auf sie zu.

„Hey, na, suchst du Felix?"

„Ja, weißt du, wo er is?"

Kümmering verwies auf die eben verlassene Tanzfläche, auf welcher die fragliche Person wie der letzte Mast der sinkenden Pequod aus einem grenzenlosen (menschlichen) Meer emporragte.

„Da hinten, relativ in der Mitte."

„Ah, Dankeschön." sprach sie, sich mit verspieltem Lächeln und einem längeren Blick für diesen Hinweis bedankend, ehe sie sich in genannter Richtung davonstahl.

In einem durchaus ärgerlichen Tone ergriff Melina-Sophie nun das Wort, als sie sich am Tresen befanden und sich schon für einen Moment der Leerung ihrer Erfrischungen gewidmet hatten.

„Also, ich muss ja wirklich zugeben, du scheinst ja echt viele weibliche Bekanntschaften zu haben."

„Meinst du, wegen der eben? Ach, das war nur ne Freundin von Felix, ich kenn die gar nich."

„Nee, ich mein generell."

„Naja, ich kann doch da auch nix für...Alina wohnt halt bei Johannes mit in der WG, und man kennt sich ja irgendwann. Und Clara is halt bei mir mit im Kurs."

„Trotzdem. Du musst denen ja nich dauernd hinterherrennen."

Kümmering gab sich angesichts dieser Anschuldigungen sichtlich erbost.

„Wo renn ich denen denn hinterher? Man ist halt nett und unterhält sich. Da ist doch nix dabei."

Melina-Sophie blickte ihn scharf an.

„Du und Alina scheint euch ja oft sehr nett zu unterhalten."

Wortlos zuckte der Student mit den Achseln, krampfhaft nach den richtigen Worten suchend.

„Man kennt sich halt. Du unterhältst dich doch sicherlich auch oft mit deinen männlichen Freunden, wenn ihr auf derselben Party seid."

„Ich hab keine männlichen Freunde. Und ich bin auch gefühlt nie auf Partys."

„Oh."

„Ich find auch, dass Männer und Frauen gar keine echten Freunde sein können. Einer will immer mehr als das."

„Ach, Unsinn", stieß Kümmering beleidigt hervor, „man kann sich auch einfach gut verstehen, ohne mehr als das zu wollen...Ich mein, wo kommt man denn da hin, wenn jeder immer gleich was vom andern will."

„Ich seh das nich so."

„Musst du ja auch nich...Kann ja jeder so sehen, wie er möchte."

Schweigend wartete man einen Augenblick auf ein Zugeständnis des jeweils anderen.

„Ja, dann werd ich halt in Zukunft mehr drauf achten, mich nicht allzu lange mit meinen weiblichen Bekanntschaften zu unterhalten, okay?" brachte der Student etwas gequält hervor, was Melina-Sophie sichtlich zufriedener stimmte.

Im Übrigen hatte man nicht die Zeit, diese Thematik weiter zu vertiefen, da sich Meyer und seine Gefolgschaft just an ebenjenem Ausschank niederließen, und man sich fortan lieber dort am kollektiven Gespräch beteiligte. Die heitere Stimmung wurde jedoch durch einen höchst unerfreulichen Anblick unterbrochen, bei welchem es sich um eine zielstrebig auf den Ausgang zuschreitende Riefenstahl handelte, die unterdessen auf die unentwegten Entschuldigungen und Unschuldsbekundungen ihres Freundes (welcher ihr untertänigst hinterherlief) nur mit der erbarmungslosen Fortsetzung ihres Ganges antwortete, bis sie beide dem Gesichtskreis ihrer Betrachter letztlich entschwunden waren. Man betitelte diesen Zwischenfall, der sich wohl einer fürchterlichen Szene habe anschließen müssen, scherzhaft als „Ärger im Paradies", und scheute sich nicht, das muntere Gelage alsbald wieder aufzunehmen – wie man aber aus den dröhnenden Lautsprechern mit einem Male die ersten Sekunden jener eindrücklichen Melodie eines zum damaligen Zeitpunkt äußerst populären Liedes vernahm, verlor man keine Zeit, sich ebenfalls einen Platz unter den rastlosen Scheinwerfern zu sichern.

Inmitten der um sich greifenden Ekstase fühlte Kümmering sich dazu angehalten, seiner Freundin trotz der jüngsten Diskussion noch einmal seine unbedingte und unerschütterliche Hingabe zu versichern, zu welchem Zwecke er sie fest an sich drückte und energisch auf den Mund küsste – beides glich in der Art und Bestimmtheit seiner Ausführung jedoch eher jenem Impuls, mit welchem man dem Übergeber den Pokal der Zweitplatzierung aus der Hand reißen würde, als aufrichtiger Leidenschaft.

Ein bemerkenswert kräftiger Schultergriff trennte den Studenten recht abrupt und auf eine sehr unsanfte Weise von seiner Freundin, woraufhin der junge Mann sich der wutverzerrten Fratze des hierfür Verantwortlichen unmittelbar gegenübersah – jenem grimmigen Herrn, welcher ihn den ganzen Abend so eindringlich beobachtet hatte. Ehe Kümmering verstand, was das Anliegen dieses Menschen war, ward er einer heftigen Schubsattacke ausgesetzt, was wiederum sofort die Aufmerksamkeit der anderen Gäste erregte, da es diese in eine direkte

Mitleidenschaft zog, und nach Wiederholung des Gewaltakts schließlich zu einem regelrechten Geschrei veranlasste.

Der in dieser Situation höchst ungünstig wirkende Alkoholgehalt seines Blutes ließ den Studenten sich leicht benommen von seinem zweiten Zusammenstoß aufrichten, als jemand ihn rasch zur Seite nahm, um sich schützend vor ihn zu stellen – und dem anstürmenden Gegner an Kümmerings statt einen verheerenden Schlag in den Magen versetzte. Entschlossen verteidigte Meyer ihn gegen die weiteren Angriffe jenes Unholds, bis die allseitige Panik ein Heer von Sicherheitsmännern zum Ort des Geschehens beschworen hatte, welches den Unruhestifter prompt hinausbeförderte, während dieser alle Beteiligten mit derben Zurufen und einfallsreichen Beleidigungen verwünschte.

Wie sich die Verhältnisse nach jenem Sturm der Gefühlsausbrüche nun wieder halbwegs normalisiert hatten – und Kümmering sich bei seinem Wohltäter für dessen tatkräftigen Einsatz reichlich bedankt hatte – klärte Melina-Sophie den ahnungslosen Studenten über die Identität des unbekannten Aggressors auf, bei welchem es sich um ihren Ex-Freund Maximilian handelte, für dessen grobes Fehlverhalten sie bei dem Geschädigten demütigst um Vergebung bat.

„Das tut mir alles so leid, Basti...Tut dir was weh, hast du dir was getan?...Du musst wissen, ich hatte so eine

174

Situation schon ein bisschen befürchtet, deshalb hab ich schon den ganzen Abend über nach ihm Ausschau gehalten, damit es gar nicht erst zu so was hätte kommen können, aber-"

„Ach, du hast mit so was schon gerechnet?"

„Naja, du musst dir vorstellen, Maximilian is halt immer noch nich darüber hinweg, dass wir-"

„Aber hättst du mich nicht irgendwie vorwarnen können?" fiel Kümmering ihr sogleich ins Wort.

„Ja, tut mir leid, ich hätt halt nicht gedacht, dass er wirklich so weit gehen würde...Ich hab ja auch eben immerzu versucht, ihn zu beruhigen, aber bei so jemandem, da kannst du dann sagen, was du willst, den bringt dann nichts mehr zur Vernunft."

„Tja, das stimmt wohl...Naja, is ja jetzt auch egal, is ja alles nochmal gut gegangen...Beim nächsten Mal klärst du das dann aber bitte. Weil auf nochmal so ne Geschichte hab ich echt keine Lust."

„Natürlich, ich regel das dann, da brauchst du dir überhaupt keinen Kopf machen."

„Gut, wenn du das sagst."

Er schwieg für einen Moment.

„Ich frag mich, ob Alina und Felix noch hier sind. Lass die mal suchen gehen." sprach er mit einer Entschiedenheit, die keinen Widerspruch duldete, seinen Gang ebenso schlagartig aus der schweißgebadeten Menschenmenge lenkend.

Nachdem man sich nach tüchtigem Suchen mit der Erfolglosigkeit dieses Unterfangens abfinden musste, ward ihnen der Anblick ihrer stetig leerer werdenden Umgebung nunmehr zum Anlass, ihrem ohnehin schon höchst ereignisreichen Besuch des „Musikschuppens" an dieser Stelle einen Schlusspunkt zu setzen – woraufhin man sich noch herzlichst von Meyer und dessen Kohorte verabschiedete, bevor man sich die verstauten Klamotten von der Garderobe holte und das Lokal über den Haupteingang verließ. Enthusiastisch teilte Kümmering seiner Freundin mit, dass es zu dem Bahnhof, ausgehend von welchem sie zurückfahren wollten, nur zwanzig Minuten zu Fuß sind, und der Zug laut den Angaben seines Telefons erst in einer halben Stunde kommen würde.

„Ich lauf jetzt hier nich zwanzig Minuten in dieser Kälte umher. Dein Vater meinte doch auch, er holt uns ab, egal welche Uhrzeit." erwiderte Melina-Sophie barsch.

„Nein." erklärte Kümmering nach einigem Zögern.

„Was, wieso nich?"

„Ähm...Naja, du kennst das doch, wenn man einem was so aus Nettigkeit anbietet, aber eigentlich gar nich will, dass derjenige das Angebot annimmt...Und ich hab ehrlich gesagt auch nich so Lust, mir morgen da wieder was anhören zu dürfen."

„Oh...Ja, okay. Aber dann lass doch wenigstens ein Taxi nehmen."

„Ja, klar, das können wir gerne machen."

Wie üblich zu jener Uhrzeit, lauerten die gelben Gefährte bereits ungeduldig vor den Pforten des geräuschvollen Bauernhauses, nur darauf wartend, den nächstbesten Jugendlichen für ein nettes Sümmchen wieder sicher zu seinem Elternhause zu bringen – jedoch stellte sich alsbald heraus, dass das junge Paar für seine Zwecke hiervon keinen Gebrauch machen konnte, da es nicht das erforderliche Bargeld aufzubringen vermochte, welches für eine Fahrt von solcher Länge nötig gewesen wäre (und man ihnen keine Kartenzahlung anbieten konnte).

„Na super, da hätte man sich vielleicht doch das ein oder andere Getränk sparen sollen...Naja...Oh, Melina-Sophie, also wenn wir uns beeilen, schaffen wir den Zug tatsächlich noch. Der nächste danach kommt erst in...oh, zweiundfünfzig Minuten."

„Ja, dann los, jetzt."

Mithilfe der modernsten Navigationstechniken, welche man damals in zeitgemäßen Telefongeräten zu finden vermochte, führte sie der Student zunächst entlang der breiten, von trübem Laternenlicht gefluteten Hauptstraße, bevor sich ihre Route mitten durch eines der angrenzenden Wohngebiete wand, ehe sie ihre Fortsetzung in einem daran anknüpfenden, unbefestigten Feldweg finden sollte – von dessen Betreten die junge Dame allerdings vehement abriet.

„Guck mal, man sieht da doch gar nichts! Das geht mitten übers Feld! Wo soll denn da die Bahnstation sein?"

„Also laut dem Navi...Da, hinter diesem Waldstück müsste das sein...Das da hinten, siehst du?"

„Ich seh hier überhaupt nichts."

„Doch, doch, das da vorne, da bei den hohen Bäumen."

„Wo?...Ja, jetzt seh ichs...Aber auf dem Weg is doch überhaupt nichts ausgeleuchtet. Gibts keinen Weg an der Hauptstraße dahin?"

„Doch, bestimmt", wandte Kümmering ein, "aber wer weiß, ob wir unseren Zug dann noch schaffen. Ich mein, wir haben nur noch...neun Minuten! Dann aber schnell, jetzt."

Widerwillig fügte sich Melina-Sophie dem Befehl ihres Freundes, sich mit dieser Entscheidung einem schonungslosen Klima nahezu ungeschützt ausliefernd. Das Antlitz des Vollmondes verlieh den im Wind wogenden Gräsern einen geisterhaften Zug, welcher durch das Rauschen und Heulen der durchs Blattwerk streifenden Böen umso unterstrichen wurde – den einzigen Geräuschquellen weit und breit, so dachte das junge Paar zumindest.

„Ey!" durchschnitt es plötzlich die eisige Luft.

XI

Georges Bizet

Carmen:

Akt 4: Entr'acte (Aragonaise)

Jene urtümliche Kraft, mit welcher dieser Ausruf an sie gerichtet wurde, ließ die beiden sich sofort nach jenem Epizentrum umwenden.

„Ist das dein Scheiß-Ernst, Maximilian?" rief Melina-Sophie sichtlich empört.

Der Angesprochene antwortete nicht und fuhr unbeeindruckt darin fort, sich auf sie zuzubewegen.

„Du verfolgst uns bis hierher? Bist du krank? Denkst du, das ändert irgendwas?"

„Sei ruhig, mit dir hab ich nichts zu schaffen." lautete die schroffe Antwort, als er schon nahe genug war, dass man seine grobschlächtigen Gesichtszüge erkennen konnte.

Wie sie bemerkte, dass der zielsichere Blick ihres Ex-Freundes felsenfest auf ihrem männlichen Begleiter haftete, stellte sie sich ihm selbstbewusst in den Weg.

„Was denkst du, was du hier tust? Was soll das werden, hä? Meinen Freund verprügeln und dann hat sich alles gelöst, oder was?"

„Halts Maul, Melina, ich hab mit dir nichts mehr zu schaffen."

Melina-Sophie versetzte ihm eine Ohrfeige.

„Was, „Halts Maul", Junge? Wie redest du mit mir?"

Maximilian hob drohend einen Finger.

„Mach das noch einmal."

Ohne lange zu Zögern versetzte sie ihm eine weitere Ohrfeige, welches er ihr nun auf dieselbe Weise entgalt – was ihr jäh die Sprache verschlug.

„Du Schwein, was erlaubst du dir?"

Sie schubste ihn kraftvoll.

„Lass uns in Ruhe, du Scheiß-Psychopath!"

Kümmering, welcher aus Sicherheitsgründen mittlerweile einige Schritte Abstand zu diesem Handgemenge genommen hatte, spielte unaufhörlich mit dem Gedanken, sein Heil in der Flucht zu suchen, statt sich einem weiteren physischen Konflikt auszusetzen – des Unholds erfolgloser Versuch, sich ohne eine erneute Anwendung körperlicher Gewalt an Melina-Sophie vorbeizudrängen (welche ihm weiterhin resolut den Weg versperrte) nutzte der Student hierfür schließlich zum Anlass. Kurzerhand stieß Maximilian sie grob zur Seite und setzte seinem unfreiwilligen Kontrahenten energisch nach, bis er ihn letzten Endes eingeholt und mit einem gekonnten Tritt zu Boden befördert hatte.

Ehe der junge Mann richtig verstand, wie ihm geschah, spürte er mehrere Faustschläge auf sein Gesicht niederregnen, bis ihm schwindlig ward – woraufhin ihn die beißende Wucht einer Schuhspitze auf jegliche Winkel seines Oberkörpers zu küssen begann. Melina-Sophie bemühte sich ununterbrochen, dieser Auseinandersetzung ein Ende zu bereiten, indem sie anfangs versuchte, ihren einstigen Liebhaber gewaltsam von seinem unglücklichen Opfer loszuzerren (wofür dieser sie stets brutal von sich stieß) und es notgedrungen damit probieren musste, ihn unter Tränen mit flehenden Worten zur Räson zu bringen – womit sie glücklicherweise insoweit Erfolg hatte, als dass Maximilians Tobsuchtsanfall zu guter Letzt sein Ende fand.

Mit siegesgeschwollener Brust trat er, schniefend und keuchend aufgrund seiner anstrengenden Betätigung, von seinem Werk zurück, mit seinem stumpfsinnigen Blick die blutige Visage des zusammengekrümmten Körpers begutachtend, bevor er sich kurz darauf anschickte, schlichtweg kehrtzumachen – ohne indessen ein weiteres Anliegen außer des klassischen Zweikampfs gehabt zu haben. Wie Maximilian sich eine gute Distanz vom Duellplatz entfernt hatte, war es ihm mit einem Mal, als hätten sich die tosenden Nachtwinde für einen Moment gelegt, sämtliche Gräser und Wälder ihr fortwährendes Rauschen unterbrochen, jedes Insekt ein noch so verschlafenes Zirpen eingestellt – kurzum, als hätte die ganze Welt ihren Atem angehalten, um ihm mit einer von Hasserfülltheit verzerrt klingenden Stimme folgende Phrase zuzuraunen:

„War das schon alles, du peinlicher Wicht?"

Metall glänzte flüchtig im Schimmer der Nacht, und im Handumdrehen stürzte das Ungeheuer erneut auf den Studenten zu, der sich diesmal mit vollem Körpereinsatz gegen seinen Widersacher zu wehren suchte. Ein unnatürlich kalter Stich in den Magen ließ Kümmering plötzlich erschaudern, infolgedessen er tatenlos zusah, wie Maximilian zum entscheidenden Schlag ausholte, Melina-Sophies angsterfüllte Schreie noch ein letztes Mal hörend, ehe ihn eine mächtige Faust der Ohnmacht übergab.

XII

Benjamin Britten

Peter Grimes:

Akt 2: Interlude III:
Sunday Morning By the Beach

Wie Kümmering wieder zu Bewusstsein gelangte, fehlte von Melina-Sophie und Maximilian längst jede Spur, wenngleich der fahle Mondschein die trostlose Szenerie noch immer in sein zweifelhaftes Bühnenlicht tauchte. Gestrandet in dieser erbarmungslosen Landschaft, den Naturkräften schutzlos ausgesetzt, versuchte sich der Student zunächst die jüngsten Ereignisse, welche zu diesem Ergebnis geführt hatten, in Erinnerung zu rufen – bis ihn schließlich eine panische Erkenntnis erfasste, die ihn nahezu unwillig seinen Unterleib betasten ließ, dessen Feuchtigkeit ihn seines Verdachts nicht zuletzt bestätigte.

Starr vor Schreck betrachtete er die glänzende, schwarze Färbung seiner Handfläche, bevor er mit selbiger in seine Hosentasche fuhr, um nach seinem Telefon zu suchen – welches er dort allerdings nicht finden konnte. Da es sich auch nicht auf der anderen Seite befand, tastete er hieraufhin seine nähere Umgebung danach ab, wo er jedoch ebenfalls nicht fündig werden konnte, weshalb er auf die Idee kam, dass es während des Kampfes wohl irgendwo ins Gras gefallen sein musste – was verheerende Konsequenzen für seine Situation mit sich bringen würde.

Seine halbherzigen Hilferufe verklangen unbeantwortet in den menschenleeren Weiten jener unbändigen Wildnis, sodass er letztlich den Entschluss fasste, sich wohl oder übel in Bewegung setzen zu müssen, wenn er

186

dieser kräftezehrenden Falle überhaupt noch lebend entkommen wollen würde.

Hierfür musste er eine schicksalhafte Entscheidung treffen, von welcher das Überleben des jungen Mannes gänzlich abhängen konnte: Sollte er den Weg zurück zum Wohngebiet probieren, welchen man zwar gut überblicken konnte, aber im Gegenzug eine nicht zu unterschätzende Distanz darstellte, oder sollte er stattdessen den ungewissen Pfad in Richtung des Bahnhofes anstreben, welcher seiner Einschätzung nach mittlerweile um einiges kürzer sein musste, und wo sich vielleicht auch schneller Hilfe holen lasse?

Unter qualvollen Anstrengungen erhob er sich, seine Füße in kleinen Schritten voreinander setzend, den entschlossenen Blick dabei auf den pechschwarzen Wald vor ihm richtend, welcher ihn von seinem restlichen Dasein trennen sollte – er hatte sich entschieden. Verschwommen entsann er sich der großen Kurve, welche er von links einschlagen musste, um den seitlichen Eingang der Bahnstation zu erreichen, weswegen er seinen Weg von vorneherein dorthin lenkte – jedoch schon nach wenigen Metern sein Vorhaben abbrechen musste, da ihn eine unbeschreibliche Pein an einer weiteren Fortsetzung hinderte.

Erschöpft stützte sich Kümmering auf die Knie, um seine Kräfte neu zu sammeln, wobei er schwer atmete und ihm der Schweiß bereits in Tropfen von der Stirn rann; der Versuch einer Wiederaufnahme seines Bestrebens endete hingegen jäh in der völligen Kapitulation vor seinen körperlichen Beschwerden. Eine letzte Anstrengung sah den jungen Mann auf Knien durch die schmutzige Erde und nasskalten Gräser kriechen, ehe sämtliche Gliedmaßen ihm vor Schmerz den Dienst versagten – eine bittere Vorahnung begann nun, sich seines Geistes zu bemächtigen.

Kraftlos legte er sich auf den Rücken, um wenigstens in einer für ihn angenehmen Haltung seinem eigenen Verscheiden beizuwohnen, zu welchem er den teilnahmslos dreinschauenden Erdtrabanten als bislang einzigen weiteren Zeugen hinzuzählte – mehr oder weniger betrübt von dessen Indifferenz.

>Tja so wird es wohl zu Ende gehen mit mir ich mein hat eigentlich auch was heldenhaft im Kampf gefallen oder wie man so sagt gabs da nicht irgendwas bei den Wikingern aber ganz ehrlich so was hat man ja wohl echt noch nicht erlebt wie kann man einfach kommt einem da allen Ernstes den ganzen Weg hinterhergeschlichen nur um Gott was gibt es nur für Leute tja manchmal ist es vielleicht besser Oh jetzt fängts wieder an also solche Schmerzen hatte ich ja schon lange nicht Puh hoffentlich zieht sich das hier nicht ewig hin Ja ich glaub das mit dem Spruch hätte man sich echt klemmen können ich mein er wollte ja quasi schon weggehen naja wie das manchmal so ist im Affekt aber obwohl wenn der

188

Preis dafür diesem Abschaum einmal die Meinung gesagt zu haben mein Tod ist dann find ichs gar nicht mal so schlimm hat wenigstens was Ehrenvolles an sich ich mein bei dem traut sich bestimmt nicht jeder den Mund aufzumachen tja jetzt hat ers einmal gesagt bekommen Hat auch was Aber als ob er einfach ein Messer dabei hat wer zum Geier führt denn ein Messer mit sich heutzutage hätte sie da nicht irgendwas sagen können dass ihr Ex-Freund zum Beispiel einfach ein beschissener Serienmörder ist weil der hat sowas hundertprozentig nicht zum ersten Mal gemacht dazu sah das viel zu hemmungsfrei aus Mich da so einem Tier ja ganz genau so einem waschechten Tier auszuliefern also ganz ehrlich ja sicherlich sie hat ja versucht ihn davon abzuhalten aber das war doch offensichtlich dass sie dem im Ernstfall nichts entgegenzusetzen hat Gott ich hätte ja was hätte ich eigentlich machen sollen im Club vielleicht schon früher gehen oder vielleicht nicht diese Aktion mit Felix und diesem Mädel hätte machen sollen ja gut dann wär man vielleicht zusammen zu viert losgegangen ja oder halt nicht diesen gottverlassenen Feldweg betreten sollen ja ich glaube das wars noch eher ja da sieht man mal was man alles so macht wenn man unter Zeitdruck steht Morgen in der Zeitung „Sebastian Kümmering (21) tot auf Feld aufgefunden weil er pünktlich seine Bahn schaffen wollte" Ha das wär doch eine passende Überschrift „Wenn einem die deutsche Pünktlichkeit zum Verhäng-

nis wird" Oh das klingt ja noch viel besser tja wie das
wohl aussehen wird oder besser gesagt wie ich morgen
aussehen werde gute Frage oh vielleicht werde ich ja
morgen noch gar nicht gefunden vielleicht ja erst nach
einem Monat oder so oh bitte nicht dann bin ich bestimmt schon ganz entstellt von irgendwelchen Insekten
und Maden und sowas alles Gott hoffentlich merkt man
sowas nicht in sich rumkrabbeln wenn man erstmal tot
ist weil das wär ja wirklich noch die Krönung wenn ich
jetzt hier einfach so liegen bleibe kann nix machen aber
krieg so alles mit wie so alles an mir rumkrabbelt und in
mich reinkriecht Gott da mag ich gar nicht dran denken
Tja was meine Eltern wohl sagen werden wenn sie die
tolle Nachricht kriegen obwohl vielleicht werde ich ja
auch nie gefunden und bleib einfach verschollen ach das
wär eigentlich auch ganz entspannt dann wüsste so keiner was aus mir geworden ist alle wären so schön im
Unklaren behalten mich nett in Erinnerung und müssen
halt nicht die entstellte Leiche sehen die ich zu dem
Zeitpunkt schon sein werde vielleicht verwese ich ja
auch ganz schnell und werde eins mit der Wiese oh sehr
poetisch eins mit der Natur werden ja das wär doch mal
was so stell ich mir mein Ende vor so alles blüht und die
Gräser und alles und nur weil ich quasi die ganzen
Nährstoffe geliefert hab dann hab ich ja eigentlich doch
bisschen was erreicht im Leben ich mein das kann auch
nicht jeder von sich behaupten eine ganze Wiese von

190

sich Tja was Mama und Papa wohl sagen werden ja sicherlich die sind bestimmt erstmal traurig so ja aber kann ich ja auch nix für ich mein ich hab mir das hier ja auch nicht ausgesucht im engeren Sinne ja außerdem kann man ja auch nicht zwingend darauf wetten dass das eigene Kind einen überleben wird ich mein ist ja oft so dass das Kind oder zumindest eines der Kinder wenn man mehrere hat vor den Eltern stirbt ich seh das gar nicht mal so tragisch ja hätte man sich halt mehrere anschaffen müssen dann würd mein Tod jetzt natürlich nicht so ins Gewicht fallen Ob die dann auch so mein Zimmer alles so lassen wie es war so von der Einrichtung ja bestimmt machen ja die Eltern dann immer damit sie noch was haben was sie dran erinnert quasi wie son Altar Lieber Gott bitte schenke unserem verlorenen Sohn und so weiter naja gut ich werde mir den Spaß ja später dann anhören dürfen was die da dann so von sich geben im Optimalfall natürlich obwohl wär natürlich wahrscheinlicher dass einfach schwarz ist und man auf einmal gar nix mehr mitkriegt wär natürlich bisschen unspektakulär aber ich sag mal das wär jetzt erstmal so das realistischste weil jetzt so richtig Gott und mit hier Seele richten und Gerichtshof und so nee ich denk mal das wär dann doch bisschen zu weit hergeholt weil nach der Logik so wenn der Mensch vom Tier abstammt und quasi eigentlich nur ein klügeres Tier ist so dann müssten da ja auch so alle anderen Tiere gerichtet werden so

jede einzelne Ameise „Warst du auch fleißig im Amei-
senhügel" oder halt auch jedes geschlachtete Schwein
„Hast du dich auch brav verhalten in deinem Käfig"
und die ganzen anderen nee also wenn das wirklich so
ist dann denk ich ist einfach zappenduster und halt finito ja klingt bis jetzt eigentlich ganz entspannt naja gut
muss ja auch jeder irgendwann so muss man sich halt
mit abfinden hätt ich jetzt gesagt Eigentlich verrückt
wenn man so darüber nachdenkt so den Tod anderer
Leute nimmt man immer so für selbstverständlich hin
aber den eigenen dann doch als etwas Unvorstellbares
weils man gar nicht so richtig fassen kann das einem das
selber mal passieren wird ja gut ich werds ja jetzt aus
meinem Umfeld als erster herausfinden hat auch was
war ich immerhin irgendwodrin mal der erste Ohne
Witz ich komm auf diesen Typen nicht klar wie kann
man jemanden Also nur weil die Ex-Freundin jetzt einen
Neuen hat so ich mein was hat ihn das anzugehen hätt
er sich mal in der Beziehung mehr bemüht dann hätt sie
ihn ja bestimmt auch gar nicht erst verlassen ja danke
und ich darf den Mist jetzt ausbaden Gott Leute sind so
scheiße warum könnt man nicht einfach ganz allein auf
der Welt wohnen ja gut wie soll halt Wirtschaft und das
alles funktionieren so ja macht alles Sinn aber wenn solche Leute Wie kann man so niederträchtig sein und jemanden für so etwas umbringen ich mein ich hab buch-
stäblich nicht mal etwas gesagt ja okay zum Schluss halt

192

aber da wars mir eh egal Naja jetzt sind sie ja beide weg
vielleicht haben sie sich ja schon wieder versöhnt jetzt ist
ja der böse Nebenbuhler beiseite geschafft „Liebe trium-
phiert" groß auf dem Titelblatt oder so als Theaterstück
Vorhang fällt riesiger Applaus beide kommen nochmal
raus verbeugen sich „Zugabe, Zugabe" man spielt
nochmal kurz die Ermordung nach Applaus alle gehen
glücklich nachhause vielleicht noch fix was zu essen
holen mit den Kindern und dann ab in die Heia ja gut
war ja auch ein ziemlich langes Stück ich mein wenn das
so heute Vormittag beim Sport anfangen würde würd
das bestimmt auch so drei Stunden gehen bestimmt ich
mein das muss man auch erstmal durchstehen solange
auf einem Platz zu sitzen ja gut man könnt ja zwischendurch auf Toilette gehen aber dafür müsst man sich ja
auch erstmal an allen vorbeidrängeln dann hält man
vielleicht doch lieber für den Moment aus und wartet
auf die pause Puh ist das kalt also jetzt fang ichs echt
langsam an zu merken hieß es nicht kurz bevor man
stirbt wird einem nochmal ganz warm oh hoffentlich
fängt das bald an weil auf erfrieren hab ich ehrlich gesagt auch keine Lust obwohl wär vielleicht entspannter
als verbluten ich mein Kälte nimmt einem doch den
Schmerz denk ich mal man wird so ganz müde schläft
entspannt ein und wacht halt nur nicht mehr auf das
wars schon eigentlich recht simpel und so beim verbluten ist bestimmt man merkt noch so alles wie einem so

langsam die Energie ausgeht alles tut weh und auf einmal ist halt vorbei weil das Herz nix mehr zu pumpen hat bestimmt irgendwie so nee also da würd ich echt lieber erfrieren Gott und bei dem kalten wind hier wird das wohl hoffentlich auch nicht mehr lange dauern aber obwohl hängt eigentlich davon ab wie tief die Wunde war ob ich erst erfriere oder verblute ich teste mal Ja okay hier ist die Jacke Hier fängt das so langsam an Ja hier wirds schon klebriger Ja genau und hier<

Ein gequältes Stöhnen entfuhr ihm.

>Ja hier müsste es sein aber ich glaub da drin jetzt rumzufummeln wäre vielleicht nicht so praktisch und wahrscheinlich auch gar nicht mal so hygienisch bei den ganzen Sachen die ich jetzt hier schon angefasst hab tja wer weiß vielleicht war sie ja auch gar nicht so tief und ich schlaf einfach ein und wach morgen früh hier entspannt wieder auf ich mein wär auch okay Ja genau so tief hat sich der stich auch gar nicht angefühlt und ich sag mal wär jetzt was Lebenswichtiges verletzt worden wär ich doch jetzt bestimmt auch schon tot weil eigentlich solange wie ich jetzt schon noch am Leben bin dann kann ja eigentlich nix wichtiges getroffen worden sein ja entspannt vielleicht mach ich mir auch einfach nur zu viele Gedanken dazu ich muss mich nur bisschen ausruhen am besten vielleicht noch ne Runde schlafen dann wird schon alles wieder Na gut dann leg ich mich mal hier so bisschen auf die Seite Oh nee jetzt tuts doch biss-

chen weh na gut dann bleib ich halt so auf dem Rücken hat ja auch was jetzt kann ich wenigstens zum Einschlafen noch bisschen den Mond betrachten Eigentlich ganz schön hier so am tageslicht sieht das hier bestimmt total schön aus so dann noch im Sommer hier kann man echt bestimmt gut Puh jetzt wirds aber doch ganz schön kalt an den Füßen ja vielleicht ist es gar nicht jetzt die Wunde die mir gefährlich wird sondern eher sogar die kälte weil ich mein die Wunde die wird ja jetzt irgendwann zu sein aber die Kälte bleibt halt und ich glaub wenn man so bei Kälte einschläft so dann erfriert man halt hundertprozentig ja gut vielleicht sollte ich jetzt doch eher versuchen wach zu bleiben Ich reib mir mal bisschen die Hände So jetzt wirds ja schon bisschen wärmer ist doch alles unter Kontrolle Also erstmal bisschen wach bleiben und in Bewegung bleiben dann wird schon nix passieren So jetzt noch die beine bisschen aneinanderreiben oder vielleicht auch bisschen bewegen obwohl nee ich mach sie lieber nahe an den Körper ran das ist glaub ich besser für so den wärmehaushalt oder irgendwie so Ey was ein Aufwand alles hier nur um Alina bisschen eifersüchtig zu machen was man nicht alles tut für die damen Naja hat aber auch eigentlich ganz gut funktioniert würd ich jetzt mal so als Fazit behaupten ich mein jetzt heute hat sie echt viel geguckt immerzu und auch häufiger das Gespräch gesucht ja vielleicht wars das ja dann doch wert am ende tja wer weiß wie lange das mit ihr und

Felix noch halten wird ha das war aber echt ne gute idee das mit dem mädel haben die sich gut gestritten deswegen ja gut aber ob das ausreicht obwohl die machten jetzt die letzten Male auch nicht so den eindruck als wär das für die ewigkeit vielleicht ist es ja schon bald vorüber mit denen oh das wär echt super „Dem Tode entronnen für die große liebe" boah ja das wärs doch ja da würd ich mich sehen die frage ist nur wie macht mans dann am besten ich mein wenn die sich jetzt wirklich trennen würden so dann brauch die ja erstmal so paar wochen Ruhe denk ich mal sich vom liebesschmerz erholen oder irgendwie so was ja und ich werd dann immer so in griffweite bleiben sodass sie weiß ich bin quasi da und steh ihr zur verfügung obwohl nee wärs vielleicht besser so initiative zu ergreifen hm das kann bestimmt taktlos rüberkommen obwohl wenn man den richtigen Zeitpunkt abwartet dann wär das eigentlich ganz machbar weil man muss ja auch so bisschen zeigen so das man der Mann ist dass sie weiß woran sie ist tja wie geht man das wohl am besten an vielleicht sich irgendwie treffen spazieren gehen und dann am ende „Alina ich muss dir was sagen" oh nee ich glaub dann ist man zu nervös und das wirkt ja dann auch alles sehr erzwungen so dann sagt sie erst recht „nee tut mir leid aber wir können gerne Freunde" puh dann spricht sich das am besten noch so überall rum und dann ist es immer komisch wenn ich zu johannes gehe nein es muss

196

was sein was quasi niemanden dazu verleitet eine aufgrund der erzwungenen situation verfälschte aussage zu tätigen so richtig empirisch hier was bietet sich denn da an vielleicht so auf ner party wenn alle bisschen angetrunken sind dann mal so kurz beiseite nehmen dann irgendwie küssen oder so was oh gott nee lieber nicht ich glaub das kann ganz arg nach hinten losgehen hm vielleicht einfach ne nachricht schreiben puh bei meinem glück wird das bestimmt wieder nur umher verschickt ah vielleicht ja nen brief schreiben das ist wenigstens was persönliches kriegt man auch nicht mehr alle tage das ist wenigstens noch individuell da kann man auch in ruhe alles darlegen was man sagen möchte so und wenn das ihr nicht zusagt muss sie ja nicht drauf antworten so man kommt einfach nicht mehr drauf zurück man spricht das thema halt nicht an ja ich glaub das wär noch für alle beteiligten das optimalste so fühlt sie sich nicht zu irgendeiner reaktion gezwungen perfekt ja ich glaub dann haben wirs ja wenn ich dann morgen vormittag wieder zuhause bin dann schreib ich den gleich ach nee ich muss ja erst warten bis die und felix sich getrennt haben ach gott das kann ja noch bisschen dauern aber obwohl so lange bestimmt auch nicht wenn ich weiter so fleißig daran arbeite wird das bestimmt bald vorüber sein<

Des Studenten Versuch eines hämischen Lachens, welches die siegessichere Selbstzufriedenheit mit seinem

Vorhaben zum Ausdruck bringen sollte, endete jedoch abrupt in einem schmerzbedingten Luftholen.

>Meine güte es wird auch echt nicht besser was ist denn das müsste das nicht langsam mal verheilen weil das geht ja jetzt schon ne ganze zeit so irgendwann muss ja auch mal gut sein ich mein kann ja nicht sein dass das jetzt hier nicht aufhört weil sonst müsste ich ja auch schon längst tot sein vielleicht hilfts ja wenn ich ein biss-chen ruhiger atme so nur ein ganz bisschen immer okay probieren wirs mal<

Er hustete sogleich.

>Gott was ist das denn kam da was mit hoch ihh ich glaub ja ich spuck das mal auf die hand meine güte ja das sieht nach blut aus oh mein gott ist es also doch schon um mich geschehen puh aber hä das kann doch gar nicht sein was soll der denn da getroffen haben für ein organ das sowas jetzt passiert oh jetzt fängts auch wieder an zu ziehen gott tut das weh wann hört das endlich auf was soll der ganze mist hier überhaupt kann es wenigstens jetzt nicht einfach schnell vorbei sein dann hab ichs wenigstens hinter mir so toll war mein leben auch nicht dass ich jetzt stundenlang zeit brauche um darüber zu refl ktieren ich mein letzten endes was hab ich denn überhaupt vom leben gehabt bisschen zur schu-le gehen mit freunden was machen jetzt studium mehr wars am ende auch nicht wozu musste ich mir das alles jetzt üb rhaupt antun was war der sinn wozu musste

man mich in diese verschissene welt hineinbringen für bisschen familie spielen oder was also ganz ehrlich we n man mich gefragt hätte ob ich lieber nie existiert hätte oder existiert und dann gestorben wäre ja was würde man wohl nehmen so das ergebnis dass man am ende nicht mehr da ist ist doch dasselbe wieso jemanden überhaupt erst in die existenz bringen wieso hat man das recht ungefragt leute in die ex stenz zu zwingen weiß ich nicht was das jetzt alles sollte hier für am ende einsam und alleine auf ner wiese krepieren besten dank auch naja vielleicht ist der ganze mist ja gleich vorbei gott bitte mach dass es sc neller aufhört puh wenn man so drüber nachdenkt dass ich jetzt vorhin joh nnes und alina wirklich zum letzten mal gesehen haben sollte das klingt schon gruselig ja super und die letz en personen die ich dann in meinem leben gesehen hab sind dann melina-sop ie und ihr netter ex-freund wow das wird bestimmt auch niemals jemand noch auf dieser welt von sich behaupten können gott was ein ende also mit sowas oh jetzt fängts wieder an puh zieht das warum ist es au h so kalt kann das nicht mal jetzt langsam anfangen das mir so warm wird kurz vor dem erfrieren wie lange soll sich das jetzt hier noch gott tut d s weh warum brennt das denn jetzt so auf e nmal vielleicht sollte ich doch noch mal vers chen es zum bahnhof zu schaffen<

Unter höllischen Schmerzen versuchte Kümmering, sich hochzustemmen, musste diesen Vorgang jedoch schon mitten in seiner Ausführung abbrechen.

>Es g ht einfach nicht es geht e nfach nicht das wars w hl jetzt sind meine überlebensc ancen vollkommen dahin jetzt kann ich n r noch warten und zuse en wie mein eigener kö per hier langsam verre kt gott wie e lig sich selber d bei zuschauen zu müs en bei v llem bewusst ein ja viel eicht hilft ja e n wenig schl fen ja einfach ein bis chen sc lafen ei fach die aug n zu und<

Mit einer ruckartigen Bewegung fuhr er sich mit der Hand an die fatale Wunde.

>Wie d s zi ht d s h lt ja ke n men ch aus ma h doch bit e dass es v rbei i t w rum ist m r jetzt so s hwi dlig al es dre t sich ja j tzt fä gt es an je zt g hts zu en e ich m rk es s hon g tt ist m r sc lec t wo b n ich h er was i t das al es w nn h rt es a f ma a p pa ich w ll w g v n hi r wo n ich w s twa   d h   a s hi r w as ist h er g tt wo s nd al e ich w s bl nd t m   h da o w   b   i   w k   m h   g t   s   nn   e   a   t   p f   r   v   m   c e

  i

          k

o

u

r

k

p

b

i

f

k

202

e

f

f

f

rf

rfeo

rfeo

rfeo

rfeo

rfeo

rfeo

rfeo

orfeo

Orfeo.<

Ein krampfartiger Seufzer drang aus des Studenten Lungen, wie sich der zerschundene Körper noch ein letztes Mal aufzurichten begann – und sich tatsächlich in Bewegung setzte. Wäre jemand in diesem nokturnalen Bühnenbild durch Zufall jener bluttriefenden Gestalt begegnet, wie sie dort mit ihren vom Wahnsinn aufgerissen Augen und ihrem unbeschreiblichen, nahezu unmenschlichen Gang zielstrebig ihrem Ende entgegenstapfte, so hätte dieser jemand die ganze Szene lediglich für die groteske Nachstellung eines makaberen Schauerromans gehalten – oder wäre schlichtweg in Ohnmacht gefallen.

Dieser Todesmarsch, der dem jungen Mann wie eine halbe Ewigkeit vorzukommen vermochte, dauerte in Wahrheit nur zwei Minuten – so wie er den grell erleuchteten Bahnsteig über jenen hinteren Treppenzugang erklommen hatte, brach er auch schon vor den entsetzten Blicken einiger Fahrgäste zusammen, welche die soeben eingefahrene Bahn verlassen hatten.

XIII

Pietro Mascagni

Cavalleria rusticana:
Preludio

Nunmehr fertig angekleidet, beugte sich Kümmering zu seinem Schützling hinunter, um sich für seinen kurzen Ausflug von ihm zu verabschieden.

„So, Tschüss, mein Junge, bis nachher. Sei schön artig."

„Papa hat dich lieb." setzte er hinzu, nachdem er Orfeo einen sanften Kuss auf die flauschige Stirn gegeben hatte.

„Wann kommst du wieder?" sprach seine Mutter, welche sich hinter ihm befand.

„Heut Nacht irgendwann." antwortete der Student mit einer augenblicklichen Verrohung seines Tonfalls.

„Dann komm aber nicht zu spät, mein Schatz."

„Mhm."

„Und pass bloß auf, wenn du nachts zurückkommst. Es wurden auch schon wieder welche auf ihre Fahrräder überfallen, stand in den Zeitungen." ergänzte Herr Kümmering, welcher sich gerade im Flur eingefunden hatte.

„Ja, ich pass auf...Tschüss."

„Und viel Spaß bei Johannes, und grüß ihn lieb!"

„Ja."

„Und wir haben dich ganz doll lieb!" riefen Herr und Frau Kümmering ihrem Sohn beinahe wie aus einem Munde hinterher, ehe dieser in den Tiefen jenes schmucklosen Treppenhauses verschwand.

In der ersten Zeit nach jener Nacht hatte der junge Mann den Anblick der Flitz'schen Wohnungstür stets als eine Art Trugbild empfunden, so sehr hatte sich seinem Geiste die schiere Unmöglichkeit dieser Wahrnehmung eingebrannt. Jedes Mal, wenn sein Freund ihm diese öffnete, war es ihm, als sei dadurch die absurde Idee seines eigenen Überlebens, seines tatsächlichen Fortbestehens (entgegen seiner Erwartungen) zweifelsfrei bestätigt worden.

Dieses Gefühl einer absurden, naturwidrigen Umgehung seines bereits festgeschriebenen Schicksals hatte nach seinem Krankenhausaufenthalt zunehmend begonnen, seinen Verstand zu beherrschen, seine Gedanken zu verpesten – bis zu dem Punkte, dass ihm die reale Welt vielmehr als eine Illusion dessen erschien, wie sein Werdegang wohl ausgehen hätte, wäre er in jener Nacht nicht gestorben. Sein Leben schien ihm längst verwirkt, seine weitere Existenz eher wie eine nette Geste, denn einer Unbedingtheit – in allem, was er tat, sah, hörte oder gar fühlte, glaubte er eine gewisse Unwirklichkeit, eine Art „Witz" zu finden, welche sich einzig und allein den verfälschenden Empfindungen seiner Sinnesorgane zuschreiben ließe.

Wie Kümmering nun abermals seinen guten Freund ihm mit jenem weltmännischen Lächeln die Tür zu dessen Gemächern öffnen sah, war es ihm wieder einmal, als wäre sein getrübtes Weltbild für ein paar Stunden gänzlich verflogen, sein Geist befreit von all seinen Lastern.

„Ich muss dir übrigens was erzählen." sprach Kümmering in einem etwas ernsteren Tone, nachdem er und Flitz eine Weile auf dessen Balkon geplaudert hatten.

„Du weißt doch noch, als ich vor ein paar Wochen für paar Tage nicht zur Uni kam, weil ich krank war?"

„Ja, klar."

„Und du erinnerst dich doch noch an diesen Club, wo wir nach Sandros Geburtstagsparty hin sind, oder?"

„Leider nur allzu gut, wenn ich ehrlich bin."

Kümmering fuhr fort, seinem Gegenüber die Einzelheiten des traumatischen Verlaufs jenes Abends zu schildern, welche er unter anderem dadurch veranschaulichte, ihm die hässliche Narbe an seinem Bauch zu präsentieren – wonach es Flitz zunächst die Sprache verschlug.

„Ich weiß grad, ehrlich gesagt, gar nicht, was ich dazu sagen soll...Das is echt heftig alles...Und-Und wie läuft das Ganze jetzt ab? Hat man den Typen schon gefasst?"

„Den konnte man schon identifizieren, ich war auch schon bei der Polizei. Und ich krieg auch demnächst n Gerichtstermin."

„Oha...Dann bestimmt auch so richtig mit Zeugenaussagen und das alles, ne?"

„Ja, genau."

„Was sagt Melina-Sophie?"

„Ja, die is natürlich geschockt...Aber ich muss auch gestehen, dass ich zu ihr generell bisschen den Kontakt gedrosselt hab."

„Oh, wieso das?" fragte Flitz erstaunt.

„Weil...irgendwie möcht ich einfach mit allen Personen, die mit dieser Sache zu tun hatten, einfach nichts mehr am Hut haben...Ich will diese ganze Sache einfach hinter mir lassen."

„Oh...Ja, versteh ich schon in gewisser Hinsicht...Damit man das so für sich selbst zum Abschluss bringen kann."

„Ja, genau. Du verstehst mich."

Kümmerings Gastgeber schien zu überlegen.

„Den Abend...Ach, da bin ich doch mit dieser Elena noch nachhause...Ja, genau...Oh, Mann...Wenn man so drüber nachdenkt...Wär ich nicht mit der nachhause gegangen, und wäre stattdessen später mit dir und Melina-Sophie gemeinsam zum Bahnhof gegangen, dann wär das ja alles nicht passiert."

„Das mag gut sein, aber das weiß man ja vorher nie. Du hast damit nichts zu tun."

Flitz schien mit dieser Aussage nicht ganz zufrieden.

„Naja, aber es is ja so. Wäre ich bei euch gewesen, wär das alles nicht passiert. Weil zu zweit hätten wir den Typen ja locker geschafft...Und du wärst nicht fast gestorben."

Kümmering zuckte stumm mit den Achseln.

„Man könnte also im weiteren Sinne behaupten, dass ich durch meine ewigen Frauengeschichten mitschuldig an dieser Situation bin.“

„Ach, nu hörts aber auf! Du hast dir überhaupt nichts vorzuwerfen.“

„Für dich sieht das vielleicht so aus, Basti...aber für mich, im Wissen damit zu leben, dass ich beinahe deinen Tod mitverschuldet hätte...und dann auch noch für...so was.“

Man schwieg für einen Moment.

„Ich will das alles nich mehr“, erklärte Flitz abrupt, „dieses ständige den Frauen hinterherlaufen, immer dieses im Mittelpunkt stehen, dieses ganze Gebimmel und Geklimper hier an mir, wenn das dann das Ergebnis ist...Du erinnerst dich doch noch, als ich meinte, dass ich lieber in Ungewissheit als in Gewissheit leben wollen würde?“

„Ja.“

„Und als ich meinte, dass ich lieber nicht wissen wollen würde, obs mit einer klappt, sondern lieber aus dem Affekt heraus handle?“

„Ja.“

„Tja, anscheinend is genau diese Einstellung jetzt die Ursache für diese ganze Geschichte gewesen.“ resümierte Flitz in seiner kunstvoll inszenierten Rage.

„Ach, Johannes, nu nimm dir das doch alles nicht so zu Herzen. Das is halt alles sehr unglücklich gelaufen.“

212

„Naja, wenn du meinst. Ich seh das anders."

„Achso, aber erzähl Alina bitte nix von der ganzen Sache." setzte der Student nach einer kurzen Pause hinzu.

„Mach ich nich, alles gut. Die is eh derzeit nich so in Plauderlaune."

„Oh, wieso das?"

„Ja, du musst wissen...Na, ich weiß gar nich, ob ich das jetzt einfach so erzählen sollte."

Kümmering blickte ihn erwartungsvoll an.

„Ach, egal, irgendwann kommts ja eh raus: Alina und Felix haben sich getrennt."

„Oh...Das tut mir natürlich dann leid für sie."

„Ja...Die weint auch dauernd und kommt kaum noch aus ihrem Zimmer...Naja, wie das immer so is."

„Wohl wahr."

Den Rest des Abends verbrachten die zwei Herrn in gewohnter Weise auf dem Sofa, von wo aus man sich am großen Fernseher einige Videos und letzten Endes sogar noch einen Film anschaute, nachdem man sich zuvor ein warmes Abendbrot hatte liefern lassen. Gegen ein Uhr nachts schied man wieder voneinander, sodass Kümmering sich bereits in einer etwas schläfrigen Verfassung befand, als er sich zuhause an seinen Schreibtisch setzte, um einen Entwurf jenes Briefes zu beginnen, an dessen unbestreitbarer Überzeugungskraft er in jener Nacht so felsenfest geglaubt hatte.

Die Version, mit welcher der Student tags darauf letztlich zufrieden war, sollte sich durch ein Maß überschwänglicher Emotionalität und Selbstironie kennzeichnen, welches nur die Hand einer Person hervorzubringen vermochte, die glaubt, sich schon allein für dieses Vorhaben entschuldigen zu müssen. Theatralische Liebesgeständnisse folgten auf nüchterne Schilderungen zum Anlass seines Schriftstücks, kindische Gefühlsausbrüche fühlten sich neben unverblümter Feigheit genauso wohl, wie die Erklärung zum Wahl seines Mediums neben der Beteuerung, dass es niemals eine Andere für ihn geben werde – gepaart mit einem zwanghaften Drang zur Selbstoffenbarung hatte der Gedanke an diese schöne, wenngleich unrealistische Vorstellung einer Beziehung mit Alina Riefenstahl ausnahmslos jeden Schriftzug dieses bizarren Bekenntnisses vergiftet.

XIV

Claude Debussy

Pelléas et Mélisande:

Akt 4: Interlude

[00:00 — 01:15]

„Jedenfalls ist es doch wirklich komisch", fuhr Kümmering in seiner Rede fort, behutsam dabei seinen Tee ins Wohnzimmer tragend, „wie sehr doch in diesen ganzen Anwaltsschreiben rumgelogen wird, obwohl der Sachverhalt doch eigentlich recht eindeutig ist – oder zumindest sein sollte."

„Und das ist nur der Anfang. Pass mal auf, wie dreist die vor Gericht lügen werden." setzte Frau Kümmering energisch hinzu.

„Ja, ich seh das schon kommen...Gott, ich hab da echt überhaupt keinen Bock drauf, mir da die ganzen Lügengeschichten anhören zu müssen...Dann heißt es bestimmt wieder „er kann gar nix dafür" und so weiter...Na, super."

Herr Kümmering schüttelte ungläubig den Kopf.

„Ich kann immer noch nicht so richtig fassen, was da alles passiert ist...Mit sowas hätte man ja im Leben nicht gerechnet."

„Tja, das stimmt wohl. Jetzt is es so...Zum Glück bin ich überhaupt mit heiler Haut davongekommen, dass ich davon noch berichten kann...Ich mein, hätte ja auch genauso gut sein können, dass ihr nie erfahrt, was eigentlich passiert ist."

Bevor seine Eltern etwas darauf erwidern konnten, erhob der Student erneut das Wort.

216

„Naja, wenigstens kann ich jetzt dafür sorgen, dass ein solcher Mensch endlich seine gerechte Strafe bekommt, bevor ihm noch jemand anderes zum Opfer fällt."

Ein plötzliches Klingeln unterbrach den rhetorischen Applaus seiner Eltern, was den Studenten sogleich dazu veranlasste, die nun erforderliche Öffnung der Wohnungstür zu übernehmen – von wo er kurz darauf mit einem flachen Karton von ungemeinen Ausmaßen in die Stube zurückkehrte. Während man auf der Couch nur schwerlich die um sich greifende Neugier verbergen konnte, befreite Kümmering das fragliche Objekt von all seinen Schutzfolien und Kartonverkleidungen, unter welchen schließlich ein riesiges Porträt zum Vorschein kam – das Porträt eines Hundes, welches er nun stolz seinen Eltern präsentierte.

„Ist das der Orfeo?"

„Wer soll das denn sonst sein?" fuhr Kümmering seinen Vater an.

„Ohh, auf dem Foto sieht er immer so süß aus! Wie kamst du denn jetzt auf die Idee?"

„Naja, ich hab ja bislang noch kein Bild vom Orfeo bei mir im Zimmer gehabt...und ich dachte halt, es wär vielleicht mal langsam an der Zeit." antwortete der Student seiner von diesem Gedanken höchst entzückten Mutter.

„Weißt du auch schon, wo du es hinhängen willst?"

„Hm...Ich dachte so, vielleicht übers Bett. Dann kann ich meinen Schatz immer gleich schon nach dem Wachwerden sehen."

„Ja, das wäre doch eine schöne Idee!"

Just hatte Kümmering das geliebte Tier auf den Arm genommen und damit begonnen, es zu küssen und zu liebkosen, als wäre es ein Neugeborenes.

„Mein Kind! Mein Kind!...Schaut, er möchte ein echtes Kind sein. Ha ha!"

„Er kommt auch ganz nach seinem Vater." rief Frau Kümmering scherzhaft.

„Du, sag mal, Basti", hob Herr Kümmering an einem späteren Punkt des Gesprächs in einem unerwartet vertrauensvollen Tone an, „die Mama und ich, wir hatten uns neulich mal Gedanken gemacht dazu: Was würdest du eigentlich mal zu einem Besuch beim Psychologen sagen? Weil diese ganze Geschichte mit dem Messerangriff, das geht ja auch nicht spurlos an einem vorbei."

„Ach, so weit gehts mir eigentlich ganz gut. Ich denke nicht, dass ich das brauchen würde."

„Macht dir das denn gar nicht zu schaffen? Da kannst du halt einfach mal reden...dir alles quasi von der Seele quatschen."

„Wozu denn? Die Sache ist, ich wüsste da nicht mal groß, über was ich reden sollte. So, diese ganze Geschichte...Ich mein, ich hab ja für mich selbst so meine Lehren daraus gezogen, ich bräuchte dafür jetzt nicht nochmal zum Psychologen gehen müssen...weil man geht ja eigentlich nur zum Psychologen, um irgendein Problem zu verarbeiten. Oder? Aber ich, in meinem Fall, hab jetzt nicht den Eindruck, dass ich irgendein Problem habe, was ich da groß erzählen müsste, damit ich das besser verarbeiten kann."

Sein Vater machte einen etwas erstaunten Gesichtsausdruck.

„Welche Lehren hast du denn daraus gezogen?"

„Naja, ich würde sagen...dass man halt immer und zu jeder Zeit sterben könnte, und dass man sich nicht zu sehr darauf verlassen sollte, am nächsten Tag am Leben zu sein...Reicht ja schon, wenn jemand auf der Gegenfahrbahn aus heiterem Himmel auf die eigene Fahrspur rüberzieht, dass alles vorbei ist."

Seine Eltern wechselten einen beunruhigten Blick.

„Sag mal, bist du depressiv?"

„Ach, so würde ich das nicht sagen."

„Sondern?"

„Sondern...ähm, ihr habt doch bestimmt mal die Geschichte gehört von Schrödingers Katze? Dass man quasi nicht weiß, welcher Zustand etwas hat, wenn man nicht hineinschaut...Und ich finde halt, dass es manchmal einfach besser ist, wenn man gar nicht in sich hineinblickt, sodass man quasi gar nicht weiß, ob man in dem Moment depressiv ist. Weil es könnte ja sein, dass einen die Erkenntnis davon allein ja schon depressiv machen könnte. Also, wenn man sich quasi nicht fragt, wie es einem geht, dann wüsste man gar nicht, ob man depressiv ist oder nicht, und würde mit sich selbst vielleicht auch besser klarkommen, wenn man das gar nicht weiß...Und wenns einem später besser geht, wüsste man nie, dass man mal depressiv war."

„Du musst dringend mal zum Psychologen." schloss Frau Kümmering angesichts dieser bedenklichen Äußerungen.

„Unsinn...Naja, is ja jetzt auch egal. Ich hab auch, ehrlich gesagt, keine Lust mehr auf das Thema. Papa, hilfst du mir gleich, das Bild aufzuhängen?"

„Natürlich, mein Bester."

Wie man das götzenhafte Abbild nun an seinem Bestimmungsort befestigt hatte, trat der Student ehrfürchtig einige Schritte davon zurück, um noch einmal jenes fellbedeckte, von kindlicher Unschuld gezeichnete Gesicht zu bewundern, welches von jetzt an in seiner schier übernatürlichen Größe das räumliche Erscheinungsbild völlig dominieren sollte.

„Ah!...Ja, vielen Dank. Genau so hab ich mir das vorgestellt."

„Für meinen Schatz mach ich doch alles."

Herr Kümmering drückte seinem Sohn einen dicken Kuss auf die Wange, welchen der junge Mann schweigend über sich ergehen ließ, ehe er anschließend erklärte, alsbald seine Toilette machen zu wollen.

„Ach, gehts schon wieder zu Johannes?"

„Ja, ich geh zwar erst zu Johannes, aber wir gehen dann später noch zu der WG-Party von ner Studienkollegin."

„Soll ich dich fahren?"

„Alles gut, ich fahr mit Fahrrad, so wie immer."

XV

Aram Chatschaturjan

Spartakus:

Akt 2: XIII:

Kampf des Spartakus gegen Crassus

Wie der Student nun abermals der Flitz'schen Wohnungstür ansichtig wurde, war von dem surrealen Zauber, welchen dieser Anblick noch vor nicht allzu langer Zeit auf ihn ausgeübt hatte, nichts mehr übrig geblieben – zu sehr hatte die Macht der Routine ihn seiner Magie beraubt.

Nicht besonders überrascht blickte der junge Mann in das verquollene Gesicht Paul Neumanns, welcher ihm die Pforte mit seiner stets aussagekräftigen Grobmotorigkeit geöffnet hatte, woraufhin er ihn freundlich begrüßte und sich an seiner Seite in das Gemach des Gastgebers begab. Dieser befand sich gerade dabei, seinen Couchtisch mit alkoholischen Getränken einzudecken, denn man sei laut seinen Aussagen gerade erst vom Einkaufen zurückgekehrt – was ihn zu dem gewitzten Ausspruch verleitete, Kümmering sei genau zum richtigen Zeitpunkt erschienen.

Kurz darauf läutete man auch schon das allgemeine Trinkgelage ein, da man sich zur abendlichen Feier nicht zuletzt in einem „angemessenen Zustand" befinden wollen würde – hierzu bemerkte der Student in Richtung des in einer schlafähnlichen Position verharrenden Neumann, dass manche jenen „angemessenen Zustand" wohl bereits überschritten hätten.

„Vielleicht auch eher einfach verfehlt – wer weiß." spöttelte Flitz.

„Ha! Oder das, natürlich...Sag mal, heute ganz ohne Schmuck?"

„Naja, du weißt doch...Ich hatte dir doch was gesagt."

„Achso, ja, stimmt...Dass das nich mehr so dein Ding is und so...Aber hätt ich nich gedacht, dass du das auch durchziehst."

„Naja, wenn ich mir mal was vornehme, dann mach ich das meistens auch."

„Oh, hört, hört! Darauf stoß ich doch glatt erstmal an!"

Für rund eine halbe Stunde plauderte man vergnügt und ausgelassen über die unterschiedlichsten Themengebiete, ehe Riefenstahl eine merkliche Veränderung in die Dynamik jener Gesprächsrunde brachte, wie sie sich schließlich dazugesellte – denn im Gegensatz zu ihrer Mitbewohnerin Melanie Degering zählte sie ebenfalls zu den geladenen Gästen der bevorstehenden Party.

Der fragliche Wandel bezog sich vor allem auf die Person Neumanns, welcher seinen Mitmenschen nun durch sein deutlich erhöhtes Mitteilungsbedürfnis auffiel, was sich beispielsweise durch seine stärkeren Tendenzen äußerte, mit welchen er zusammenhangslose Phrasen in die Konversation warf, am Lautstärkeregler der Musikbox herumspielte oder einfach nicht näher bestimmbare Laute von sich gab, um die kollektive Aufmerksamkeit zu erhalten. Im Gegensatz dazu trug Kümmering in seiner Gestik und Rhetorik fortan eine gewisse Selbstbeherrschung zur Schau, mit welcher er

Riefenstahls Sirenenstimme und Gorgonenblicke taktvoll zu ertragen vollbrachte, ohne sich indes dabei zu kompromittieren. Ein gläsernes Klirren ließ die jungen Leute plötzlich aufschrecken – Neumann hatte infolge seiner unkontrollierten Bewegungen eine der Flaschen umgeworfen, deren Inhalt sich inzwischen fröhlich auf dem Stubentisch verbreitete.

„Ey, Johannes, tut mir leid...Tut mir leid.“

„Ja, alles gut, Paul. Aber merk dich jetzt langsam bitte.“ antwortete Flitz etwas gereizt, während er sich in die Küche begab, um ein paar Papiertücher zu holen. Keine zehn Minuten später wiederholte sich das Unglück, als Neumann gegen eines der Gläser stieß, wie er sich gerade seine Tabakpackung nehmen wollte.

„Paul! Jetzt is auch mal gut!“

„Es-Es tut mir leid, Sebast-ähh, Johannes, mein ich...Ich wollt das nich.“

„So, ich nehm dir mal jetzt hier den ganzen Alkohol weg. Du hattest offensichtlich schon genug davon. Für dich ist jetzt erstmal Schicht im Schacht, du trinkst jetzt nur noch Wasser...So, pass auf, ich hol dir jetzt sogar noch eins.“

Wie Flitz sich just um dessen Beschaffung kümmerte, flüsterte Riefenstahl dem Studenten in besorgtem Tone zu:

„Was hat Paul denn? Er hat doch kaum was getrunken.“

Ehe er antwortete, betrachtete Kümmering seinen exzentrischen Kumpanen, der gerade wieder einmal geistesabwesend vor sich hin starrte.

„Ich denk mal, das ist der Mischkonsum. Der muss sich, bevor ich hier war, wieder Gott-weiß-was reingeschmissen haben."

„Oh, okay."

„Achso, ich wollte dich übrigens noch fragen", fuhr sie in normaler Gesprächslautstärke fort, „ob du mir vielleicht bei der einen Aufgabe in Statistik helfen magst? Also nur mal kurz rübergucken. Is vielleicht jetzt bisschen ungünstig, aber die Abgabe is schon am Montag."

„Statistik? Oh, das is ja bei mir schon bisschen her, dass ich das hatte."

„Na komm, du bist ja nur zwei Semester über mir. Ein Jahr is das dann her für dich."

„Tja, nach einem Jahr kann man schon viel vergessen haben...Aber wollen wir doch mal sehen, ob mein Wissen für deine Frage noch ausreicht."

„Mit Sicherheit...Okay, kommst du?"

Galant führte sie den Studenten in ihr Zimmer, wo sie ihm den Sachverhalt anhand der auf ihrem Schreibtisch befindlichen Berechnungen und Skizzen anschaulich zu erklären versuchte – wie sich kurze Zeit später herausstellte, handelte es sich bei ihrem Problem jedoch lediglich um ein geringfügiges Missverständnis bezüglich der

Auslegung der Aufgabenstellung, zu dessen Überwindung ihr der junge Mann den entscheidenden Hinweis liefern konnte.

„Vielen Dank, ohne dich hätt ich das echt nie verstanden, ha ha! Wie soll man darauf auch kommen? Ich hab manchmal das Gefühl, die Professoren wollens einem auch extra schwer machen."

„Das Gefühl hab ich manchmal auch."

„Naja, was solls. Kommt man nich drum herum, ne?"

„Das stimmt wohl."

Kümmering entrann sich ihrem hypnotischen Blick und musterte das um ihn liegende Heiligtum.

„Aber nettes Zimmer...Oh, hast du deine Bücher nach Farben sortiert?"

„Ja, ich fand das irgendwie schicker."

„Ja, doch, sieht schon cool aus, irgendwie...Oh, ich glaub, dir fehlen noch paar gelbe Bücher."

„Ja, genau, das is nämlich die Sache. Ich hab halt fast überhaupt keine."

Nervös tastete der junge Mann nach jenem verhängnisvollen Brief in seiner Hosentasche.

„Tja, vielleicht musst du dir mal welche besorgen. Einfach, um das Bild zu vervollständigen, sag ich mal."

„Ja, vielleicht."

Kurzes Stillschweigen.

„Aber dein Zimmer ist doch schon echt groß im Vergleich zu meinem." begann der Student wieder.

„Ach, ist deins so klein?“

„Eigentlich schon, ja. Die Lichtverhältnisse sind auch nicht gerade die besten.“

„Oh, wieso das?“

„Naja, du musst dir vorstellen, ich hab halt immer nur am frühen Morgen Sonne, und dann den ganzen Tag lang über nur Schatten. Selbst im Sommer.“

Riefenstahl machte eine verdrossene Miene.

„Oh, das ist natürlich ungünstig...Nee, bei mir scheint immer direkt die Nachmittagssonne rein. Dann wirds hier echt so heiß drinne, das hält man dann kaum noch aus.“

„Ah...Naja, besser als nur Schatten, sag ich mal.“

„Ja, da magst du wohl Recht haben.“

Für einen Moment blickte man einander geradeheraus an, ohne etwas zu sagen.

„Na, dann.“ seufzte Kümmering schließlich und trat an ihre Zimmertür heran, um ihr zu verdeutlichen, wieder zu den anderen zurückkehren zu wollen.

Während ihrer Abwesenheit hatte man in Flitzens Zimmer aufgrund der fortgeschrittenen Uhrzeit bereits das Licht eingeschaltet, was den gewohnten Effekt hatte, dass man sich geistig langsam darauf vorbereitete, demnächst aufzubrechen. Nachdem sich Riefenstahl ins Badezimmer begeben hatte, um ihrer Abendtoilette den letzten Schliff zu verleihen, machten sich Kümmering und Flitz daran, die ungeöffnet gebliebenen Getränke in einen Stoffbeutel zu packen, welchen man auf die Feier mitzunehmen gedachte.

„Wollen wir die sonst in deinen Rucksack packen? Ich glaub, in den Beutel passt nich alles rein."

„Oh, Johannes, ich weiß ja nich. Ich würd den da ungerne mit hinnehmen."

„Achso, ja, wie du möchtest."

„Wenn das für dich okay ist, natürlich, wenn wir danach noch kurz zu dir gehen, den holen."

„Ja, klar, können wir machen. So Wertsachen würd ich auch ungerne mit auf ne WG-Party nehmen, alles gut."

Neumann hatte indessen seine Aufgabe darin gefunden, die Obergrenze des Lautstärkereglers von Flitzens Musikbox ausfindig zu machen – welche ihm der Hausherr letztens Endes grob aus der Hand reißen musste, um diesem unsittlichen Benehmen Einhalt zu gebieten. Binnen kurzer Zeit fand der Unruhestifter jedoch heraus, wie er die Musik aus dem Gerät von seinem Telefon aus wieder einschalten konnte, weshalb das dementsprechende Unheil folglich nicht lange auf sich warten ließ.

Der daraus entstehende, stetige Wechsel zwischen kurzzeitiger Stille und höllischem Krach brachte Mitbewohnerin Degering sogar dazu, unter lautstarken Verwünschungen ihre Gemächer zu verlassen, um ihren Zimmernachbarn in höchst barschem Tone darauf hinzuweisen, seine Gäste durchaus besser unter Kontrolle halten zu müssen. So wie sie verschwand, wandte sich

Flitz in seiner Wut sogleich an den eigentlichen Adressaten dieser Belehrungen.

„So, jetzt is Schluss, Paul. Du benimmst dich jetzt. Ich sag es dir einmal: Wenn wir da gleich hingehen auf die Party, reißt du dich am Riemen. Bei der ersten Sache, die du kaputt machst, schmeiß ich dich persönlich raus. Ich hab keine Lust, es mir wegen dir hier bei allen Leuten zu verderben."

„Alles klar, Chef, ich pass auf!...Ich werd auch nix anrempeln oder umstoßen...Ich bin quasi die Ruhe...nee, nich die Ruhe...Vorbild! Ich bin quasi das Vorbild in Person! Ha ha ha! Ich mach auch keinen Mucks! Siehst du? Zipp!"

Neumann tat so, als würde er seinen Mund mit einem Reißverschluss verschließen.

„Solang du dich unter Kontrolle hast, is ja alles gut. Nur übertreibs halt nich."

Wie sich die jungen Leute nach und nach im Flur eingefunden hatten, konnte man sich gegen halb zehn letztlich auf den Weg machen.

XVI

Nikolai Rimski-Korsakow

Scheherazade:

IV: Das Schiff zerschellt an einer Klippe unter einem bronzenen Reiter

Ungeduldig musterte Flitz die hohe Jugendstilfassade, seinen Blick zuletzt erwartungsvoll auf eines der farbenfroh bestrahlten Fenster heftend, bevor er ein weiteres Mal den Klingelknopf mit der Aufschrift „Hartmann/Klinge/Behrends/Böttcher" betätigte.

„Johannes, das wird nix. Die hören uns nich." mutmaßte Kümmering.

„Aber Hauptsache, man kann hier unten schon die Musik hören."

„Warte, ich versuch sonst mal, Clara anzurufen."

Gespannt wartete man darauf, dass der Student hiermit Erfolg haben würde, doch blieb ihnen auch dies unglücklicherweise versagt – jedoch erschien ihnen ihre Rettung wenig später in der Gestalt eines zwielichtigen Herrn, welchem schon Sekunden nach Betätigung eines Schalters die Türe geöffnet wurde. Mit gesenktem Kopf hielt er den jungen Leuten die schwere Pforte auf, woraufhin Kümmering beim Ersteigen der engen Wendeltreppe ihn hinter sich hastig in einer gedimmt beleuchteten Wohnung verschwinden sah, dessen Zugang dann nachlässig von einer leicht bekleideten Dame geschlossen wurde.

Nachdem man sich in dem darüber liegenden Stockwerk durch die Flut aus abgestellten Schuhen bis zur Eingangstür der fraglichen Wohngemeinschaft vorgekämpft hatte, benötigte es nur noch eines energischen Klopfens, um den ersehnten Einlass zu erhalten. Als sie die Wohnung betraten, drängte sich ihnen unmittelbar der Eindruck auf, mitten in einen privaten Nachtclub gestolpert zu sein: Während ein allgegenwärtiger Bass jedes Gespräch im Keim zu ersticken drohte, bildeten vereinzelt positionierte Scheinwerfer die einzigen Lichtquellen dieses von stechendem Schweißgeruch durchtränkten Höllenpfuhls, in dessen schemenhaftem Dunst man an jeder Ecke die vagen Umrisse von Menschen mit Bechern oder Flaschen in den Händen ausmachen konnte.

Im Flur begegnete man neben einigen anderen bekannten Gesichtern auch Clara Behrends, einer der vier Gastgeberinnen, welche ihnen freundlicherweise sogleich ihr Zimmer zum Verstauen der mitgebrachten Getränke zur Verfügung stellte. Wie man sich anschließend mit ihr für einen Moment über die bisherige Entwicklung der laufenden Veranstaltung unterhalten hatte, bei welcher Gelegenheit Behrends recht gelassen von den bereits geäußerten Lärmbeschwerden ihrer Nachbarn sprach (und dass es eigentlich nur eine Frage der Zeit sei, bis die Party von der Polizei aufgelöst werden würde), begann sich das Vierergespann zusehends aufzuteilen, wobei Kümmering zunächst den Balkon aufzusuchen gedachte, um dort erst einmal ungestört seine Zigarettenschachtel zu erleichtern.

Ein sanfter Windzug blies die zierlichen Rauchschwaden hinaus in die lauwarme Nacht, derweil ein undurchdringliches Stimmengewirr den tiefen Innenhof erfüllte – mit halbem Ohr lauschte der Student mittlerweile einer höchst lebhaften Diskussion zweier in dieser Hinsicht ziemlich redegewandter Herren über Gemeinsamkeiten zwischen dem Idol-Pop der Zweitausenderjahre und der Prä-Beatles-Musikszene, dabei immerfort einen neugierigen Blick hinein auf einen großen Tisch werfend, an welchem gerade ein amüsant wirkendes Trinkspiel ausgetragen wurde.

An beiden Enden des Möbelstücks hatte man befüllte Plastikbecher platziert, in welche die gegenüberstehenden Teams zu jeweils zwei Personen einen kleinen Ball hineinzuwerfen versuchten; sobald man damit Erfolg hatte, musste einer der gegnerischen Partizipanten den alkoholischen Inhalt des getroffenen Bechers zu sich nehmen und das Behältnis aus der Aufstellung entfernen. Verloren hatte folglich jenes Team, welches über keine Becher mehr verfügte.

Nachdem Kümmering eine Partie abgewartet hatte, deklarierte er, nun ebenfalls daran teilnehmen zu wollen – Riefenstahl, welche sich schon seit einiger Zeit in selbigem Zimmer aufgehalten hatte, bot sich ihm überraschenderweise als Teampartnerin an, wohingegen die beiden musikalischen Feingeister ihre Gegner bildeten. Alsbald sollte sich indessen herausstellen, dass die Motorik des Studenten aufgrund seines bisherigen Alkoholkonsums bereits in solchem Maße eingeschränkt worden war, dass er es bislang zu keinem einzigen erfolgreichen Wurf bringen sollte, was die junge Dame glücklicherweise durch ihre wiederholte Treffsicherheit auszugleichen vermochte – weshalb sie es sich zum Spaß gemacht hatte, jeden eigenen getroffenen Becher sofort Kümmering zu reichen, um ihre Siegeschancen nicht unnötig zu schmälern.

Wie beiden Seiten jeweils nur noch ein Punkt für den Sieg fehlte, stellte sich infolge der Schwierigkeit, einen einzelnen Becher zu treffen, irgendwann eine gewisse Kriegsmüdigkeit ein, welche die Teilnehmer stetig nachlässiger und leichtsinniger werden ließ – was wiederum den Unmut der Zuschauenden befeuerte, welche schließlich eine vorzeitige Beendigung der Partie forderten, da ein entscheidender Treffer immer unwahrscheinlicher schien.

Als folglich jeder vor ihm in dem als letzter Runde deklarierten Durchgang seinen erfolglosen Versuch getätigt hatte, war es an Kümmering, den allerletzten Wurf des Matches auszuführen – welcher ihm als einziger gelang. Nebst der allgemeinen Euphorie über diesen unverhofften Sieg äußerte einer seiner Gegner sogar die spaßhafte Meinung, der Student habe bis dorthin allen seine zweifelhaften Fähigkeiten nur vorgaukeln wollen – was sicherlich sehr positiv aufgenommen worden wäre, hätte nicht ein lautes Scheppern jedermann innehalten lassen.

Da derartige Zwischenfälle auf solchen Veranstaltungen jedoch nichts Unübliches darstellten, zollte man diesem Ereignis nicht sonderlich viel Beachtung – im Gegensatz zu Kümmering, dessen sich schon eine vage Vorahnung über den möglichen Auslöser dieses Lärmes bemächtigte. Auf der Suche nach dessen Ursprungsort bemerkte er, wie in der Küche statt des anrüchigen Lichterschauspiels nun normales Deckenlicht den Raum erfüllte und die dort Anwesenden keine besonders feierliche Miene zur Schau trugen, während vor ihnen jemand mit ein paar Tüchern den Boden wischte. Der Student stellte sich mit zu jenen, die das Geschehen vom Türrahmen aus betrachteten.

„Was is passiert?"

„Ein son Typ is wohl irgendwie auf den Tisch gefallen."

„Auf den Tisch gefallen? Wie geht das denn?"

„Du, keine Ahnung, ich war nicht dabei."

Der Schuldige – Kümmering wusste natürlich, dass nur er es sein konnte – kam breitgrinsend auf ihn zu und umfasste ihn triumphal an der Schulter.

„Eyy, Basti! Du bist ja auch hier!"

„Ja, Paul, das bin ich wohl. Was hastn du hier wieder gemacht?"

„Nix."

„Ach, nix ist das?"

„Ja, wat soll man sagen...Ick hab kurz dat Gleichgewicht verlorn."

„Na, super...Komm, hier, ich hol dir noch n Wasser...So, und jetzt gehen wir lieber woanders hin, nicht dass Johannes das noch mitkriegt."

„Johannes!" rief Neumann aus vollem Halse, ehe Kümmering ihn weiterzerrte.

Der junge Mann geleitete ihn in eines der ruhigeren Zimmer und ließ ihn sich auf das dort befindliche Bett setzen.

„So, du bleibst jetzt erstmal hier und entspannst dich ein bisschen, okay? Am besten einfach n Augenblick sitzen bleiben, dann regelt der Körper das schon ganz alleine mit der Zeit."

„Okidoki, Chef, alles was Sie wollen...Ha ha ha!"

Mit einem unguten Gefühl überließ er seinen problematischen Kumpanen wieder sich selbst und versuchte anfangs, zu jenem Zimmer mit dem Trinkspiel zurückzukehren, gesellte sich jedoch kurzerhand zu Behrends und einem ihm nicht näher bekannten Herrn hinzu, wie er sie in einer Ecke des Ganges entdeckte.

„Aber ich muss schon sagen, Clara, die Wohnung is echt groß. Auch sehr interessante Aufteilung...mit den ganzen Gängen und Zimmern und so." sprach der Student an einem Punkte, an welchem es angebracht erschien, eine neue Thematik in die Konversation einzuführen.

„Ja, das stimmt schon. Kein Vergleich mit meiner früheren."

„Ah, das freut mich. Verstehst du dich auch mit deinen Mitbewohnerinnen ganz gut?"

„Wir verstehen uns eigentlich alle super hier."

Der andere Herr gab ein unterdrücktes Lachen von sich.

„Naja, mit allen ja wohl auch nich, ne?"

Behrends stieß ihn leicht in die Seite.

„Du sei bloß still. Das muss man doch jetzt hier nich anreißen, das Thema, oder?"

„Was denn für ein Thema?" fragte Kümmering völlig ungeniert.

„Ach, gar nix...Sag mal, Sebastian, is deine Freundin eigentlich nich mit? Hier, Melanie-Sarah, oder wie sie hieß?"

„Oh, Melina-Sophie und ich, wir sind tatsächlich nich mehr zusammen."

„Oh...Da hab ich wohl das falsche Thema angeschnitten."

„Ach, alles gut...Sag mal, is Sandro gar nich hier?"

„Der konnte leider nich."

„Oh, okay...Na gut", sprach der Student, da sich für ihn vorerst keine weiteren Gesprächsthemen mehr fanden, „dann werd ich mir so langsam auch mal wieder was zu trinken holen...In welche Richtung war nochmal dein Zimmer, Clara?...Achso, ja, danke!"

Wie der junge Mann sich nichtsahnend aus dem verstauten Beutel eines seiner Getränke zu holen gedachte, traf er in jenem Zimmer überraschenderweise auf Flitz und Riefenstahl, welche sich wohl von dem allgemeinen Trubel hierhin zurückgezogen hatten, um sich ungestörter unterhalten zu können – da sich außer ihnen niemand dort aufhielt. Nach einem kurzen Plausch mit seinem Kumpel brachte Kümmering die beiden auf die reizvolle Idee, sich gemeinsam einmal die Tanzfläche anzuschauen, welche man sich dann gegebenenfalls zu eigen machen könnte – was von den Befragten im Übrigen sehr begrüßt wurde.

Der zu diesem Zweck hergerichtete Raum ward leicht gefunden, denn in dem geisterhaft beleuchteten Nebel, auf welchen man durch die offen stehende Zimmertür einen direkten Blick hatte, konnte man bereits die oszillierenden Silhouetten zahlreicher anderer Gäste erkennen, welche sich dort in ausgelassenen Bewegungen den mitreißenden Rhythmen hingaben – zudem hatte man offenbar vorher einige Möbelstücke daraus entfernen müssen, um ihnen jenen Grad an Freiraum bieten zu können, denn seine Ausstattung erschien dem Studenten bei näherer Betrachtung ausgenommen minimalistisch.

Man hielt sich für ein paar Lieder nahe beieinander, bis Flitz aufgrund eines für Kümmering nicht näher bestimmbaren Grundes die Tanzfläche verließ, weshalb er mit Riefenstahl nun alleine dort verblieb. So wie er erkannt hatte, dass ihre durchdringenden Blicke die seinigen mit einiger Bereitwilligkeit beantworteten, machte er keinen weiteren Hehl aus seinen Absichten: Unmerklich verringerte er den Abstand zu ihr, sich ihres Wohlwollens gelegentlich mittels eines erwiderten Lächelns versichernd, ehe er sich an ihr zartes Ohr herunterbeugte.

„Achso, Alina, kommst du nochmal kurz mit?"

„Was ist denn?"

„Ich muss dir tatsächlich noch was geben."

Wenngleich sie einen recht irritierten Eindruck machte, folgte sie dem Studenten nichtsdestotrotz in den Flurbereich, wo er sie allerdings anwies, kurz auf ihn zu warten, da er sich zuvor noch einmal in das nächstgelegene Badezimmer begeben müsse. Statt nun aber die eigentliche Toilette zu benutzen, wandte Kümmering sich dort direkt an das gegenüberliegende Waschbecken, welches ihm dazu diente, sein Gesicht mit etwas kaltem Wasser zu befeuchten.

Dann geschah jedoch etwas Seltsames: Als er mit seiner kurzen Erfrischung fertig war, verfiel sein Körper in eine Art Starre, bei welcher sich sein leerer Blick fest an das eigene Spiegelbild klammerte und sich währenddessen in endlosen Gedanken und Erwägungen verlor. Dieser Zustand fand schließlich ein ungewollt abruptes Ende, als jemand auf eine äußerst ungehobelte Weise die Badtür zu öffnen versuchte, dessen Verriegelung ihn allerdings sachgemäß daran hinderte – sich schicksalsergeben der eigens angestoßenen Entwicklung fügend, schickte Kümmering sich daraufhin an, das Badezimmer wieder der allgemeinen Nutzung zugänglich zu machen.

In gewisser Hinsicht überraschte es den jungen Mann nicht besonders, Neumann als den Urheber dieser Situation vorzufinden, weswegen er dessen unartikuliertes Gebaren lediglich mit einem simplen Einzeiler beantwortete, ehe er sich an ihm vorbeidrängte – jedoch hatte ihm sein irrwitziger Kamerad noch etwas Wichtiges mitzuteilen.

„Ey, ey, Basti, warte mal."

„Na, was denn, Paul?"

„Ich-Ich muss dir noch was erzählen."

„Ja?...Ach, musst du gar nich auf Toilette?"

„Nö."

„Oh, okay...Ja, ich höre?"

„Achso, ja!...Ähm, also du musst dir vorstellen...Ich sitz da in diesem Zimmer, ne? Wo Johannes mich hingebracht hat-"

„Nee, ich hab dich da hingebracht."

„Achsoo, ja, stimmt! Ha ha!...Also, du musst dir vorstellen, ich sitz da in diesem Zimmer...Und da sind noch so drei andere Leute in diesem Zimmer."

„Ja?...Ja, ich hör dir zu, erzähl weiter."

„Ja, genau, da sind noch drei andere Leute in diesem Zimmer...und auf einmal, so, ich blinzel einmal ganz kurz...und dann sind da auf einmal vier Leute in dem Zimmer! Einfach so!"

Kümmering versuchte, möglichst erstaunt zu wirken.

„Oh, okay, krass...Ja, wie das manchmal so is, ne? Kaum schaut man mal nich hin, da sinds auf einmal schon vier."

„Ja, ja, genau...und du glaubst nich, wie ich mich erschrocken hab...Ich bin so richtig nach hinten aufs Bett gekippt, guck, so-"

Just stellte Neumann diesen Bewegungsablauf ungeahnt realitätsgetreu nach, wobei er ungünstigerweise eine junge Dame hinter sich in Mitleidenschaft zog, welche infolgedessen den Inhalt ihres Glases über ihr ganzes Kleid verschüttete – als wäre dieses Unglück allein nicht schon genug gewesen, hatte ausgerechnet Johannes Flitz das Geschehen aus nächster Nähe mitangesehen. Mit der unumstößlichen Gewissheit eines zu vollstreckenden Gerichtsurteils fasste er den armen Teufel sogleich an beiden Schultern.

„Na gut, Paul, du weißt ja, was ich gesagt hab: Die Party ist jetzt zu Ende für dich. Komm."

Gegen Flitzens Versuch, ihn in Richtung des Ausgangs zu schieben, wehrte sich der schuldig gesprochene zugleich vehement.

„Ey, was? Ey, hör auf, lass mich los! Ey! Ich geh nirgendwohin. Ich bleib hier."

„Du kommst jetzt mit. Für dich is jetzt hier finito."

Schweigend half Kümmering seinem Freund, den mit Schimpfwörtern um sich werfenden Unhold gewaltsam bis zur Wohnungstür zu befördern, als sie unterwegs an Riefenstahl vorbeikamen, welche, einsam an einem Konsolentisch lehnend, noch immer auf die Auflösung jenes mysteriösen Anliegens wartete. Dieser Anblick schien dem Neumann'schen Charakter indes einen neuen Impuls zu geben, weshalb er sich in einer ritterlichen Anwallung verletzter Ehre noch einmal rigoros aus den Fängen seiner Henker zu befreien versuchte – was ihm unter diesen Umständen verständlicherweise auch gelang.

„Alina! Alina, ich liebe dich!"

Dem missglückten Versuch, sich von dem verschreckten Mädchen schamlos einen Kuss zu stehlen (welchem sie sich reflexartig entzogen hatte), schloss sich die erneute Ergreifung des Flüchtigen an, welchen die beiden Herren nun durch den Wohnungseingang zerrten, woraufhin man ihn auf dem Hausflur noch einmal zur Rede stellte.

„Ey, ihr Penner, was soll der Scheiß? Ich will zurück auf die Party."

Kraftvoll hinderte man ihn daran, sich unter Gewaltanwendung Zugang in die Behausung zu verschaffen.

„Nein, Paul, jetzt gibt es nicht mehr auf die Party. Du gehst jetzt nachhause." erklärte Flitz mit der Strenge eines gereizten Lehrers.

„Wieso soll ich jetzt nachhause gehen?"

„Weil du dich andauernd daneben benimmst."

„Ey, fick dich, du Scheißpenner. Lass mich jetzt vorbei hier."

Ungläubig hob Flitz die Augenbrauen, nachdem er und Kümmering einen flüchtigen Blick gewechselt hatten.

„Ach, „fick dich, du Scheißpenner"? Alles klar, Paul. Dann Tschüss, und schönen Abend dir…Kommst du mit rein, Basti?"

„Na, ich weiß nich…Ich bring Paul sonst noch mit runter."

„Alles klar, musst du wissen. Dann bis gleich."

So wie die Wohnungstür hinter Flitz ins Schloss gefallen war, begann Neumann mit einer handfesten Bearbeitung ebendieser, bis der Student ihn letzten Endes davon abbringen konnte, indem er ihm einzureden versuchte, dass man ihn sowieso nur wieder von der Party schmeißen würde und er dort eigentlich überhaupt nichts verpassen würde.

„Komm, Paul, wir gehen. Ich komm auch mit runter."

„Ich will auf die Party."

„Aber was gibts denn da? Da gibts doch gar nix."

Neumann schwieg.

„Komm, Paul, lass uns gehen. Is doch eh bestimmt bald wieder irgendne andere Party…Okay? Na, komm."

246

Widerstandslos ließ sich Neumann vom Studenten die Treppe hinunter führen – zumindest, bis ihn ein nochmaliges Aufbegehren packte und er sich hieraufhin ruckartig aus dessen Obhut entriss, geradewegs zu jener Tür wankend, hinter welcher zu Beginn ihres Besuchs jener ominöse Herr verschwunden war, wenig später ebenfalls kräftig darauf einhämmernd. Kümmering tat sein Bestes, dieses unsittliche Benehmen möglichst schnell zu unterbinden.

„Nicht, Paul, hör auf!"

„Ich will auf die Party."

„Da is doch gar nich die Party!"

„Ich...Ich will auf die Party."

„Wir gehen doch bald auf die Party. Komm, wir gehen erstmal nach draußen."

„Gehen wir dann auf die Party?" sprach Neumann, als er sich von seinem fürsorglichen Gefährten wieder in Richtung des Hauseinganges ziehen ließ.

„Ja."

„Wann denn?"

„Hm...Ach, obwohl, Paul, irgendwie hab ich auch gar nich mehr so viel Lust auf die Party. Ich glaub, ich geh jetzt auch einfach nachhause."

Schnellstens zog der Student die Haustür hinter ihnen zu, wie er Neumann über die Schwelle gebracht hatte.

„Gut, ich geh dann mal mein Fahrrad holen. Kommst du mit, Paul?"

Neumann hatte sich unterdessen schon daran gemacht, eifrigst jede Wohnungsklingel zu betätigen.

„Nicht! Was machst du denn?“

„Ich will zurück auf die Party.“

„Paul, dir wird da keiner aufmachen. Die hören dich
doch auch gar nich.“

„Dann ruf ich jetzt Johannes an.“

„Ja, mach das ruhig.“

Eine halbe Minute verstrich.

„Geht keiner ran.“

„Der hört dich bestimmt nich.“

„Ich versuchs mal bei Alina.“

Selbige Geschichte.

„Tja, Paul, was soll ich dir sagen. Dann wird das wohl
heute nix mehr.“

Der Angesprochene hatte unlängst seine Arbeit an
den Klingeln wieder aufgenommen.

„Naja, Paul, ich werd jetzt los, ne? Kommst du
mit?...Na gut, dann bis die Tage!“

Wie Kümmering die Straßenseite gewechselt hatte,
um vorgeblich dort sein Fahrrad zu entketten, versteckte
er sich sogleich hinter einem parkenden Auto, um das
Treiben seines Freundes aus sicherer Entfernung zu beobachten – wie er hierin auch nach einiger Zeit keine
Änderung erkennen konnte, schlich er sich unbemerkt in
eine Seitengasse, um nun seinen anderen Freund anzurufen.

„Na, was ist? Wo bleibst du?"

„Paul steht jetzt da die ganze Zeit an den Klingeln und lässt nicht mit sich reden."

„Ach, scheiß auf den, komm einfach rein."

„Wie denn? Ich kann doch nich einfach so an ihm vorbei reingehen."

„Wieso nicht?"

„Na, dann wird der doch erst recht nich locker lassen."

„Du bist auch einer...Warte, ich hab ne Idee...Clara?...Clara! Gibs hier irgendwie son Hintereingang? Sebastian is unten und kommt vorne rum nich rein...Ah...Ja, okay...Gut, danke...Basti? Also es gibt an der Seite irgendwie sone Hofeinfahrt, da is dann auch n Hintereingang für die Wohnung."

„Ja, okay...Ja, is auch alles richtig, aber irgendwie...Guck mal, nich, dass Paul in seinem Zustand noch alleine nachhause geht und noch irgendwie n Unfall baut, oder sogar noch ins Hafenbecken fällt."

„Du, am Ende des Tages ist der Mann alt genug. Der weiß, worauf er sich eingelassen hat...Und wenns so is, dann is es so. Man kann sich nicht die ganze Zeit um jeden kümmern. Das fördert so ein Verhalten nur."

„Ja...Ja, vielleicht hast du recht. Keine Ahnung."

„Kommst du gleich?"

Kümmering zögerte.

„Ja, ich komm gleich."

Statt sich unverzüglich zurück zur Wohnung zu begeben, schlenderte der Student jedoch zunächst für einen Moment umher, dabei tief in Gedanken versunken sein stoppeliges Kinn reibend, ehe er offenbar einen Entschluss gefasst haben musste, denn nun bewegte er sich zielstrebig auf sein Fahrrad zu. Nachdem er es von seinem Schloss befreit und auf die andere Straßenseite geschoben hatte, richtete er völlig unbefangen das Wort an seinen Kumpanen.

„So, Paul, ich werd jetzt los. Kommst du mit?"

„Ich will auf die Party."

„Paul, das mit der Party wird heut nix mehr. Komm, wir fahren nachhause."

„Ich...Ja, okay."

Als sich sein Kamerad recht behäbig auf sein Fahrrad gehievt hatte, ließ Kümmering das seinige etwas schleichend vorausrollen, um ihm die ungefähre Richtung ihres Rückweges vorzugeben – wobei er darauf achtete, Neumanns Wohnsitz hiermit gleichfalls zu berücksichtigen. Da der Student es aufgrund gegebener Umstände nicht für klug hielt, sich während der Fahrt neben seinem Begleiter zu halten, führte er sein Vehikel stets einige Meter vor ihm, sich jedoch gelegentlich nach ihm umwendend, um sich seiner stetigen Anwesenheit zu vergewissern.

Wie der junge Mann sich irgendwann außerhalb einer Reichweite glaubte, hinter welcher Neumann nach seinem Ermessen nicht mehr bereit sein dürfte, aus einer Laune heraus umzukehren, signalisierte er ihm, dass er selbst demnächst in eine Seitenstraße abbiegen müsse, um von dort aus seinen eigenen Heimweg fortzusetzen – dessen Wahrheitsgehalt sein Verfolger allerdings arg bezweifelte.

„Du willst nur zurück zur Party fahren.“

„Was? Ich muss doch da lang, Paul! Du weißt doch, wo ich wohn!“

„Ich komm mit.“

„Was? Wozu denn?“

„Ich muss auch da lang.“

„Wenn du meinst? Musst du wissen, wie du fährst.“

Stillschweigend ließ der Student seinen anhänglichen Kollegen noch ein paar weitere hundert Meter hinter sich herfahren, ehe er eine neue List ersann.

„Oh, warte mal, ich werd angerufen.“

Just brachte er sein Gefährt am Rande des Weges zum Stehen, woraufhin er ein sehr lebhaftes Telefonat mit einer nicht näher spezifizierten Person zu fingieren begann.

„Paul, ich glaub, das könnte dauern.“ flüsterte Kümmering nach einer schier ewig währenden Minute höchster Improvisationskunst.

„Oh...Okay.“

„Dann gut Nacht, Paul, komm gut nachhause! Bis die Tage!" rief er ihm voller Genugtuung zu, als sich dessen Fahrrad letztlich wieder in Bewegung gesetzt hatte.

Seinen nervenzehrenden Bekannten nun endgültig von dannen ziehen zu sehen hatte den jungen Mann sogleich freudestrahlend seinen Sieg auskosten lassen – so wie Neumanns Silhouette hinter der nächsten Ampelkreuzung verschwunden war, sah man des Studenten geschwind in die entgegengesetzte Richtung fahren. Nachdem er sich diesmal durch Behrends die Haustür öffnen lassen musste (denn Flitz hatte seinen Anruf unerklärlicherweise nicht entgegennehmen können) und nach all den Strapazen erneut Fuß in jene stickig schwüle Höhle setzen konnte, war es bereits über eine Stunde her, dass er sie verlassen hatte.

Nichtsahnend begab er sich auf die Suche nach seinem schelmischen Kumpel, welchem er von den Stationen seiner anstrengenden Odyssee zu berichten gedachte, bevor er sein vertagtes Vorhaben Riefenstahl betreffend unvermeidlich wieder aufnehmen müsse. Vergeblich hatte er die ruhigeren Zimmer nach ersterem abgesucht, wobei ihn die gleichzeitige Abwesenheit letzterer ebenfalls etwas verwundert hatte – bis er sie beide auf dem klebrigen Parkett jenes diminutiven Tanzsaals entdecken konnte.

Die Haltung, in welcher er sie dort fand, ließ ihn jedoch augenblicklich in seinem Bestreben innehalten:

252

Nicht in der Lage, das, was er dort vor sich sah, zu verstehen (oder gar einzuordnen), schien es ihm, als würde ihm der Boden unter den Füßen entschwinden, als hätte man ihm den absurdesten Umstand als handfeste Tatsache verkaufen wollen, als wäre die Realität selbst ein einziges Possenspiel – weshalb er sich infolgedessen krampfhaft an der rückwärtigen Wand abstützen musste, um neben seinem Verstand nicht zusätzlich sein Gleichgewicht zu verlieren.

Wie sich die Verbindung ihrer beiden Körper löste und Kümmering folglich Gefahr lief, in seinem erbärmlichen Zustand von ihnen gesehen zu werden, flüchtete der junge Mann sich eiligst auf den Balkon, wo er, den Kopf in eine Hand gestützt, das unerträgliche Pochen seines Herzens pausenlos in den Ohren, minutenlang regungslos vor sich hin starrte, dabei langsam dieses Bild, was er gesehen, in seine einzelnen Komponente zergliedernd, in seine Fleisch gewordenen Konzepte unterteilend – als eine Hoffnung spendende, nahezu errettende Vorstellung mit einem Male seine Gedankenwelt durchkreuzte.

Da die Person, welche das Zentrum dieses fragilen Konstrukts bildete, sich nicht unter den wenigen Leuten befand, die es ebenfalls an die frische Luft verschlagen hatte, musste sich der Student somit innerhalb jenes dämonischen Molochs nach ihr auf die Suche begeben. Er begegnete ihr schließlich auf dem Weg zur Küche, nachdem er die weniger frequentierten Räume bereits erfolglos nach ihr abgesucht hatte – woraufhin man einige jener vom Alkohol versüßten Worte zwischen sich wechselte, ehe Kümmering, von einem Gefühl absonderlicher Mutwilligkeit getrieben, seinem Gegenüber das Angebot eines gemeinsamen Tanzes unterbreitete, welches, nicht ohne einen leichten Ausdruck der Verwunderung, letztlich angenommen wurde.

Mithin dauerte es bei dessen Vollziehung nicht lange, bis der Student bei jener Dame mit seiner Salve unverhohlener Avancen begann, welche sich unter anderem in der ständigen körperlichen Annäherung und der ununterbrochenen Fixierung ihrer teilnahmslosen Augen niederschlugen – obgleich er alsbaldig merkte, dass seine offensichtlichen Zuneigungsbekundungen diesmal recht einseitig blieben. Ihr sonst so schlaftrunkener, fast schon spitzbübischer Blick hatte diesmal etwas Fremdes an sich, eine Art Gezwungenheit – nicht mehr die gleichgültige Promiskuität einer lebenslustigen Gesellschaftsdame, sondern die kalte, unbezwingbare Indifferenz einer vergebenen Frau.

Was es letztendlich war, das ihr unbewegtes, maskenhaftes Lächeln durchbrechen sollte, war das Erscheinen jenes Herrn, welchem Kümmering schon wenige Stunden zuvor im Gespräche mit ihr begegnete, und welcher sich durch die ihr bezeugten Zärtlichkeiten nun unmissverständlich als ihr Partner herausstellen sollte. Der Stu-

254

dent erkannte hierin gleichfalls den wortlosen Hinweis, sich selbst bitte zurückzuziehen, welchem er in Anbetracht seines geistigen Zustands mehr als bereitwillig Folge leistete – denn wie soeben auch sein letzter Hoffnungsschimmer erloschen war, hielt ihn folglich nichts mehr an diesem grauenvollen Orte.

Sein fieberhafter Versuch, sich ohne weitere Zusammentreffen und Verabschiedungen schnellstmöglich von der Veranstaltung zu stehlen, wurde jedoch durch niemand geringerer als der Staatsmacht selbst vereitelt – welche, im Gespräch mit einer der Gastgeberinnen, standhaft den Ausgang jener Wohnung versperrte. Es sollte sich nämlich herausstellen, dass jene Festlichkeiten nun kraft des Gesetzes augenblicklich aufgelöst werden sollten, da sich laut polizeilicher Aussage mittlerweile zu viele Lärmbeschwerden angehäuft hätten.

Als die tragische Kunde auch die letzten Winkel jener Räumlichkeiten erreicht hatte, erstarb das teuflische Gelärm sogleich wie im Fluge, wich die trauliche Dunkelheit rasch dem stechenden Deckenlicht, pilgerte man zugleich aus sämtlichen Zimmern in den immer voller werdenden Wohnungsflur. Unter jenen befanden sich unglücklicherweise auch Flitz und Riefenstahl, weswegen Kümmering nicht umhin kam, mit ihnen zusammen das Treppenhaus hinabzusteigen.

„Aber ich fand, trotz der Paul-Geschichte wars doch eigentlich ein ganz netter Abend." ereiferte sich der Student, zu behaupten, um einer Gesprächseröffnung ihrerseits zuvorzukommen.

„Doch, doch, fand ich auch. War gute Party.", bestätigte Flitz, „Die haben sich auf jeden Fall sehr viel Mühe mit der Beleuchtung und der Ausstattung gegeben."

„Ja, muss ich auch sagen...Achso, Basti," besann sich Riefenstahl, „was wolltest du mir vorhin eigentlich noch geben? Wir haben uns ja seitdem gar nich mehr gesprochen."

„Hm?...Achso, ja, stimmt...Ja, da wollt ich-ich glaub ich hatte da irgendwas Witziges gefunden auf der Party. Keine Ahnung."

Die Tatsache, dass Kümmering sich für dieses Gespräch über Flitz hinweg unterhalten musste – da er selbst als erster die Stufen hinabschritt, und Riefenstahl als letzte – sollte sich auf die Klärung dieses Umstandes nicht besonders günstig auswirken.

„Achso. Nee, weil du hörtest dich so ernst an, irgendwie."

„Nee, nee, das war nur irgendn Quatsch, glaub ich. Nix Wichtiges."

„Ah, okay."

„Achso, Basti, ich hatte vorhin noch so kurz gesehen," begann Flitz wieder, „du warst da so bisschen mit Clara am anbandeln, ne?"

„Ja...das könnte man vielleicht so bezeichnen." antwortete Kümmering zögerlich.

„Mit Erfolg?“

„Nee, Clara hat wohl jetzt n Freund.“

„Oh.“ entfuhr es den anderen beiden wie aus einem Munde.

„Tja, das ist dann natürlich etwas unglücklich gelaufen...Aber ich sag immer: Passiert den besten.“

„Ha, das stimmt wohl, Johannes...Naja, was auch immer.“

Noch ehe die schwere Haustür hinter ihnen ins Schloss fallen konnte, wie sie den Wohnblock verließen, ward diese just von einem der nachfolgenden Gäste aufgehalten, der diese Aufgabe wiederum dem Truppführer der nächsten Prozession übertrug. Als sich die drei jungen Leute nun an ihre Fahrräder wandten, um die abschließende Heimfahrt anzutreten, erkannte der Student seine Chance, sich taktvoll zu verabschieden.

„So, Leute, ich werd mich dann mal auch so langsam auf den Nachhauseweg machen.“

„Ja, Basti, dann komm gut-Ach, warte mal, du hast doch noch deinen Rucksack bei mir! Wo du meintest, dass du den nich mitnehmen wolltest.“

„Ach ja, stimmt. Da sind ja auch meine Schlüssel drin.“

„Ah, cool, dann kannst du ja sogar noch mit uns nachhause fahren!“ frohlockte Flitz.

„Ja...Sieht wohl so aus.“

Kümmering ließ sich während der Fahrt bewusst ein wenig zurückfallen, um sich auf diese Weise den Anschein zu geben, sich aufgrund physikalischer Verhältnisse nicht an der Konversation beteiligen zu können – denn die neckische Vertrautheit, mit welcher er das Paar vor sich miteinander reden sah, vergällte ihm nicht zuletzt sämtliche Lust daran. Nachdem man sich wieder in der Flitz'schen Wohnung eingefunden hatte, erhaschte der Student direkt jenen Gegenstand, welcher ihn dorthin verschlagen hatte, gleich darauf seine unabdingbare Absicht verkündend, zeitnah seinen Rückweg aufnehmen zu wollen.

„Wir können uns auch gerne noch fünf Minuten bei mir ins Zimmer auf die Couch setzen, wenn du magst. So, um den Abend bisschen ausklingen zu lassen." bot Flitz an.

„Nee, alles gut, ich bin echt zu müde mittlerweile. Ich penn hier sonst noch ein."

„Du, du kannst auch gern hier schlafen! Du könntest dann einfach bei mir im Zimmer schlafen, und Alina und ich bei ihr im Zimmer."

Ein kalter Schauer durchfuhr den Studenten.

„Nee, nee, alles gut. Vielen Dank für das Angebot, aber ich würd schon ganz gern heut in meinem eigenen Bett schlafen wollen."

„Na gut, wenn das dein letztes Wort ist...Na komm, ich bring dich noch zur Tür."

Riefenstahl, welche sich nach ihrer Ankunft zunächst in ihr Zimmer begeben hatte, erschien nun für die Kümmering'sche Verabschiedung ebenfalls im Flure. Mit seinen zu einer grinsenden Maske verhärteten Gesichtszügen fing der Student erneut davon an, die Annehmlichkeiten jener Veranstaltung – trotz des Neumann'schen Vorfalls – zu preisen, als sein Gastgeber ihm und seiner neuen Freundin signalisierte, sie beide in die Arme schließen zu wollen.

„So, kommt nochmal her…Ich weiß, ich sag sowas nicht oft, deshalb wollte ich euch doch wirklich mal sagen, dass ihr zwei meine beiden Lieblingsmenschen seid. Das ist meine ehrliche Meinung."

Da Riefenstahl diese Liebeserklärung ohne zu Zögern erwiderte, sah sich auch Kümmering genötigt, sich unter diesen Umständen ebenso wohlwollend zu zeigen.

„Ja…Ihr meine auch."

Im Eifer seiner Euphorie gab Flitz ihnen beiden einen Kuss auf den Mund, bevor er den Studenten seines Griffes entließ und man ihn anschließend mit endlosen Abschiedsworten überhäufte, wie er das grell erleuchtete Treppenhaus hinabklomm.

„So, Tschüss, Basti, komm gut nachhause! Wir hören uns ja die Tage bestimmt."

„Jo, Tschüssi."

„Machs gut, Basti!" säuselte Riefenstahl.

„Jaa, Tschüss."

„Kannst ja schreiben, wenn du gut angekommen bist."
„Ja."
„Gute Nacht, Basti!"
„Ja."

XVII

Pjotr Iljitsch Tschaikowski

Schwanensee:

Akt IV: No. 29:

Scène finale

Kaum merklich hatte sich des Herbstes altersschwache Hand um des Sommers jugendliche Schulter gelegt, um ihn von seinen strapazierenden Verpflichtungen allmählich zu entbinden – ehe Kümmering sich versah, säumten schon die ersten Blätter jene Wegesränder, welche er auf seinen Gassirunden täglich entlangtrabte. Eines Nachmittags befand sich der junge Mann wieder einmal auf einem jener Spaziergänge, den munteren Orfeo neben sich verspielt durchs tote Laub raschelnd, den eigenen Blick fest auf sein Telefon richtend – denn dort erforderte jemand dringend seine Aufmerksamkeit.

Einer stürmischen See ähnelnd, welche sämtliche Bestrebungen des Menschengeschlechts gleichsam unter sich zunichtemacht, hatten ihn all seine Bemühungen um Riefenstahl letztendlich nur zurück an die ruhigen und einförmigen Gestade des modernen Online-Datings geworfen – in welchen er auch rasch wieder jemandes fündig ward. Aufgrund der starken, gegenseitigen Sympathie kam es daher schon bei seinen letzten Gassirunden (und auch bei dieser) nicht selten vor, dass der kleine Vierbeiner teilweise mitten in seiner Bewegung innehalten musste, damit sich sein Herrchen in Ruhe der Beantwortung der neuesten Nachricht seiner Auserkorenen widmen konnte.

Als sie im Park an jener Bank vorbeikamen, welche ihnen im Sommer so manches Mal zur kurzzeitigen Erholung gedient hatte, ließ sich Kümmering zügigst darauf nieder – nicht weil er sich vom anstrengenden Spiel mit seinem Hund entspannen müsste, sondern einzig und allein, um seinem Schriftverkehr nun besser nachkommen zu können. Sein Vorhaben nahm ihn so sehr in Anspruch, dass ihn die Unterbrechung dessen, welche sich infolge des unerwarteten Anrufs seines besten Freundes einstellte, doch etwas verstimmte.

„Johannes! Na, was gibts denn.“

„Na, Basti! Du, ich wollt dich nur kurz fragen: Und zwar hatten Alina und ich uns überlegt, ob wir heute Abend vielleicht ins Kino gehen, und da wollten wir dich fragen, ob du eventuell Lust hättest, mitzukommen.“

„Ah...Ja, Kino klingt eigentlich immer gut. Welcher Film denn?“

Flitz nannte ihm den Namen eines zu jener Zeit aktuellen Science-Fiction-Kassenschlagers.

„Ja, das passt, den wollt ich eh noch gucken.“

„Ja, perfekt.“

„Zu um wieviel Uhr wolltet ihr denn?“

„Also, der läuft wohl einmal um halb fünf, und einmal um viertel acht. Ich persönlich würd halb fünf eigentlich ganz gut finden, weil dann kann man heute Abend danach vielleicht noch irgendwas machen.“

Geistesabwesend blickte Kümmering auf die gähnende Leere jenes mattgrauen Gewässers, in welchem er jenes liebliche Schwanenpaar schon seit Wochen nicht mehr gesehen hatte.

„Oh, Johannes, ich glaub, das wird bei mir leider nix, weil ich bin heut Nachmittag noch mit Felix zum Sport verabredet."

„Ach, hier, mit dem Ex von Alina?"

„Ja, genau, der. Wir treffen uns so ab und zu im Fitnessstudio."

„Ah, okay, ja, das klingt doch nett...Ja, gut, wollen wir uns dann so circa um sechs bei mir treffen? Wenn wir die Vorstellung um viertel acht nehmen wollen?"

„Ja, geht klar, machen wir so...Gut, dann bis nachher...Jo, Tschüss."

Kümmerings sofortige Wiederaufnahme seiner Korrespondenz, welche in einer mehrminütigen Fortsetzung ebendieser mündete, sollte sich nach Beendigung seiner Pause periodisch über den Rest seines Spazierganges erstrecken – doch wäre sie ihm beinahe zum Verhängnis geworden, als der kleine Orfeo, seiner schlechten Angewohnheit gemäß, wieder einmal blindlings auf die Straße ausscherte, und durch die verzögerte Reaktion seines Herrchens (dessen vorrangiges Interesse noch immer seinem Telefon gegolten hatte) beinahe einem Kraftfahrzeug zum Opfer gefallen wäre.

„Was machst du denn?!...Nu sei doch mal artig!" keifte er das unwissende Tier an, derweil er es unsanft zurück auf den Gehweg zog.

Sichtlich verdrossen ob der ewigen Unbelehrbarkeit seines Hundes, nahm der junge Mann erst einige Meter später wieder sein Handy zur Hand – doch sollte dies ihn nun im entscheidenden Augenblick der erforderlichen Reaktionsgeschwindigkeit berauben. Wie Kümmering sich nämlich zur Beantwortung der ihm gestellten Frage einer Fortführung seines Ganges für wenige Sekunden vorenthielt, spürte er mit einem Male erneut jenen kraftvollen Ruck an seinem Handgelenk, den Orfeos rebellische Ausbrüche stets hervorrufen – auf welchen diesmal jedoch, bevor sich der Student der Situation überhaupt richtig bewusst wurde, ein qualvoller, erstickter Schrei von herzzerreißendem Pathos folgte.

Die reflexartige Bewegung, mit der Kümmering seinem Hund zu Hilfe zu eilen versuchte, erstarrte indes bei dem entsetzlichen Anblick, der sich ihm darbot: Leblos und grotesk verdreht ragte der kleine Hinterleib des wehrlosen Geschöpfs hinter dem Reifen eines Kleinwagens hervor, während sich ein tiefroter Rinnsal langsam von ihm ausbreitete. Die anfängliche Ungläubigkeit in des Studenten Gesicht wandelte sich schnell zu einem Ausdruck völliger Leere; sein ganzer Körper schien nahezu sämtlicher Reizempfänglichkeit verlustig gegangen zu sein.

Schlagartig richtete sich sein stumpfsinniger Blick auf den aus jenem Auto gestiegenen, wild gestikulierenden Herrn mittleren Alters, ohne dabei indessen zu verstehen, oder gar zu hören, was dieser von sich gab. Im Nu hatte er jenen Mann aus Leibeskräften gegen die Karosserie seines Gefährts geschubst und war kurz darauf dazu übergegangen, dessen Gesicht mit hemmungslosen Faustschlägen und Fußtritten zu bearbeiten – wie er jedoch des aus dem Rücksitz gestiegenen Kindes gewahr wurde, das unter Tränen nach seinem „Papa" schrie, hielt er abrupt in seiner scheußlichen Satisfaktion inne.

Für einen Moment starrte er in die flehenden, unschuldigen Augen jenes schmerzverzerrten Gesichtchens, ehe er jenen Mann aus seinen blutigen Fängen entließ und panisch in Richtung seines Elternhauses rannte. So wie er jenes finstere Treppenhaus bis zu seiner Wohnungstür hinauf gehastet war, zögerte er allerdings, diese unmittelbar zu öffnen – um seinen Eltern gegenüber keinen Verdacht zu erregen, hielt er es schließlich für ratsam, seinen Atem zunächst etwas zu entschleunigen und sich eine angemessene Ausrede für Orfeos Verbleib zurechtzulegen. Sobald er sich geistig genug vorbereitet fühlte, führte er mit seinen zittrigen Händen den Wohnungsschlüssel dem ihm gebührenden Schloss zu, woraufhin er sogleich seiner Mutter begegnete, die sich unglücklicherweise zur selben Zeit im Flur befand.

„Oh, da seid ihr ja...Hä? Wo ist denn der Orfeo?"

„Den hab ich unten kurz angebunden, ich wollt nur schnell auf Toilette. Ich geh gleich weiter mit ihm Gassi."

sprach Kümmering auf eine möglichst gelassene Weise, dabei krampfhaft eine sorglose Miene aufrechterhaltend und die verschmierten Werkzeuge seiner Tat wohlbedacht in seinen Hosentaschen verbergend.

„Was? Das hast du doch noch nie gemacht."

„Ja, ich muss halt so dringend, aber ich wollt halt auch noch n Augenblick Gassi gehen."

„Is was passiert?"

„Nö, es is nix passiert. Was soll denn passiert sein?"

„Mit dem Orfeo?"

„Nö, mit dem is nix. Kannst doch gucken gehen, der sitzt da unten."

Skeptisch musterte Frau Kümmering das verdächtige Auftreten ihres Sohnes.

„Stimmt das auch?"

„Du, geh doch gucken. Der sitzt da."

„Nee, gut, wenn du das sagst...Bei dir weiß man ja immer nich. Du lügst auch viel."

„Hä? Wann lüg ich denn?"

„Na, doch ganz schön oft, mein lieber Freund."

„Puh...Was willst du denn jetzt hören? Ich muss halt aufs Klo. Geh doch gucken, wenn du mir nich glaubst."

„Nee, gut, mach du mal. Der Papa is aber grad auf Klo."

„Ja, alles gut, ich warte."

Wie Herr Kümmering wenig später aus dem fraglichen Zimmer trat, drängte sich sein Sohn sofort an ihm vorbei, seinen Erzeuger dabei nur eines knappen Blickes würdigend, ehe er kaum hörbar die Badtür hinter sich verschloss. Nachdem er den Toilettendeckel derartig an die hintere Wand angeschlagen hatte, dass man es auch außerhalb des Badezimmers gut hören musste, holte sich der Student aus einer Schublade des unübersichtlichen Badschranks ein schwarzes Etui, welchem er wiederum eine kleine Nagelschere entnahm – breitbeinig quetschte er sich daraufhin in die schmale Fläche zwischen Toilette und Schrank auf den Boden, schon vorbereitend die Ärmel seines Pullovers hochkrempelnd.

Die leisen Seufzer, die ihm entfuhren, als er den spitzen Gegenstand in ruckartigen Bewegungen seine beiden Unterarme entlangfuhr, versuchte er auf das Mindestmaß zu beschränken, um sein Werk nicht vor Vollendung auffliegen zu lassen. Ein Ausdruck der Erleichterung machte sich auf dem Gesicht des jungen Mannes breit, wie sich die warme Flüssigkeit auf seinen Hosenbeinen und anschließend über dem Fliesenboden auszubreiten begann, sodass er sich nun etwas zurücklehnte, um sein nahendes Ende in einer angenehmeren Haltung zu empfangen.

Auch wenn er bis zu diesem Punkte mit aller Kraft versucht hatte, jeden im Entstehen begriffenen Gedankengang zugleich im Keim zu ersticken, konnte er das Bild, was sich ihm nun mit aller Deutlichkeit vor sein geistiges Auge drängte, nicht ewig von sich weisen –

heiße Tränen rannen vereinzelt über seine erkaltenden Wangen, wobei er tunlichst versuchte, das schwache Wimmern, das sich seiner mittlerweile bemächtigt hatte, niemanden außerhalb des Raumes hören zu lassen.

„Basti, alles gut da drin?" gellte plötzlich die schrille Stimme seiner Mutter.

In einem Akt der Unmöglichkeit vollbrachte es Kümmering, seinem Tonfall einen fast schon normalen Klang zu verleihen.

„Ja, alles gut, ich bin gleich fertig!"

„Was machst du denn da?!"

„Ich bin gleich fertig!"

Zur Untermauerung seiner Aussage lehnte der Student sich ein wenig nach vorne, um von seiner Position aus die Spülung der Toilette zu betätigen, woraufhin er einen Moment wartete, um denselben Prozess mit letzter Kraft für den Wasserhahn des Waschbeckens zu wiederholen. Sich leicht vor- und zurückwiegend, starrte er unbewegt vor sich hin, seinen schwerer werdenden Atem ungehört vor der Außenwelt verbergend, die ungekannten Tiefen seines Kummers schweigend mit sich ins Grabe nehmend.

Wie seine Eltern dieses Elends letztlich ansichtig wurden, als sie die Türe schließlich aufgebrochen hatten, weilte Sebastian Kümmering schon nicht mehr unter den Lebenden – entsetzt betrachteten sie den leblosen Körper

ihres Sohnes, auf dessen Lippen sich für alle Ewigkeit
ein Ausdruck endloser Trauer eingegraben hatte.

ENDE